いのち輝け

子供たちと共に

小積忠生
Tadao Kodumi

アルファベータブックス

心は
　コロコロ　変わるから
　心という

変わることのない
　心に出会う
　　ものがたり

あなたは、だれを、
　愛していますか

あなたは、だれに、
　感謝していますか

あなたは、だれを、
信じていますか
この世で、一番だいじな
『いのち』はどこにありますか
あなたが、あなたを『愛し信じ感謝し尽くす時』
大自然と共に、人類共有の愛につつまれるでしょう。
――神聖なる輝く生命なのだから……

はじめに

現代社会は、モノ、カネ、情報が洪水のようにあふれています。

わたしたちはそれを「豊かな社会」と呼んでいますが、そこに生きる人々は果たして本当に幸せなのでしょうか？

一見、豊かには見えるけど、どんどん「心は貧しく」「不幸に」なるばかりに見えてしかたありません。

今の世の中では、経済最優先の経済至上主義がまかり通っています。

その名の下、必要以上の大量生産、大量消費を繰り返し、大量の「ゴミ」を捨てて、地球環境を絶望的に破壊し続けています。

このため、地球の大自然が、本来持っている自然浄化力や生物が持っている「循環」による自然治癒《ちゆ》力がなくなり、「廃棄」「腐敗」による環境破壊が絶望的に進み、莫大な負荷《ふか》をかけられた結果、さまざまな「歪《ゆが》み」を生み出しています。

温暖化、土壌や水質、大気の汚染、水や食料の危機、病気の蔓延《まんえん》、異常気象、大災害等など――

循環されるはずの生命が輝きを失っています。

「もう苦しい」「助けてくれ」と地球が、そして、すべての生命体が悲鳴をあげています。

牛、豚、鳥、魚、野菜…。みんな狭い場所に閉じ込めて、大きなストレスをかけられています。農薬や化学物質、ホルモン剤や抗生物質まみれで、不健康な状態に加工された食料品が堂々と売られているのです。

生産者は、この事実を知っているため、口にしません。

「利益」「効率」「均質化」の前では、誰もが〝不都合な真実〟から目をつぶり、ストップをかけようとはしません。

ですが、経済原則だけに支配されてしまった現代社会の中で「人間」もまた、苦しんでいます。『競争と対決』を日々強いられ、〝勝ち組〟〝負け組〟と色分けされてしまいます。

先が見えない暗い闇をさまよい、明日への夢も希望も描けないまま、自ら命を断ってしまう人は年間約三万人に上っています。こんな先進国はほかにありません。

その一方で、「お金さえあれば何でもできる」「自分さえよければいい」と堂々とうそぶく大人たちが、若者などに持て囃《はや》される始末です。

大人がそうだから、子供に教えられるはずがないでしょう。

「競争と対決」の社会の中で子供たちも苦しんでいます。

知識偏重、偏差値が〝唯一のモノサシ〟になっている詰め込み主義の教育を受けた子供たちは、強いストレスをかけられ、人間として最も大事な「感性」(目に見えないものを心で感じる力)を奪われています。

そんな環境で育った子供たちは、「人の痛み」「思いやり」「命の輝き」を感じる想像力も直感力も育ちません。

競争を勝ち抜き、いい大学に入り、いい仕事に就くことこそが〝勝ち組〟という「ひとつの価値観」でしか認めようとしない社会…。

そこから外れてしまったがゆえに、親や学校から「存在」すら否定され、「居場所」が見つけられない子供たちは〝自分を見てほしい〟〝自分を認めてほしい〟と懸命に悲鳴を上げています。

しかし、実情は違います。表面的な勝ち組だけを認めています。内に籠り、とじこもる子供たちは、揚げ句のはてに、非行や暴力に走ってしまい、子が親を殺し、親が子を殺してしまうような悲惨な事件が、毎日生じています。

このような状態は増えるばかりです。

ネットやスマホ漬けで、大自然や〝生身の人間〟と離れた生活ばかりをしていては、コミュニケーション能力も育たず、人間らしい感性も鈍磨《どんま》してゆく一方です。

大事な「心」や「命」を教える教育はいったいどこへ行ってしまったのでしょうか？

日本人がずっと大事にしてきた「和」を尊《たっと》ぶ精神、「公（社会）」を大切にしてきた生き方はどこへ消えたのでしょうか？

つらいとき、くじけそうになったとき、温かく支えてくれた家族や地域の「絆《きずな》」は、なくなってしまったのでしょうか？

「利己の心」ではなく「利他の心」を忘れないで仕事をしている企業人は、どれほどいるでしょうか？

果たして本当の「豊かな社会」とは、どんな社会のことをゆうのでしょうか。

豊かな社会どころか、人類は、自らが築き上げてきた文化・文明によって破滅の道をまっしぐらに突き進んでいるとしか思えてなりません。


わたしはいま七十三歳。戦争中の昭和十七（一九四二）年の生まれです。

先の大戦に敗れ、日本中が焦土《しょうど》となりました。そして、わが国がもう一度、立ち上がるために皆が懸命に働きました。

そのような時代、二十二歳のとき、広島の一地方都市で移動スーパーを始め、店舗スーパーの経営者を経て、現在は本来の「生命を活《い》かすセラミックス」の開発に取り組んでいます。

「豊かさと幸せ」を求めて、ろくに休みも取らず、汗水流して必死で働き、四人の子供を育てました。

一心不乱に取り組まなくてはならない生活環境がいつしか、好きな仕事ととなり苦ではなくなり、生きる道につながっていました。

現在社会の悲惨な状況を見ると、暗たんたる気持ちになってしまいます。

わたしたちは、こんな社会をつくるために脇目もふらずに頑張って働いてきた、というのでしょうか。

次の世代の子供たちのために、輝ける未来を信じて、まっしぐらに突き進んできた結果がこの惨状なのでしょうか。


商人の道を歩んできた中で大切にしてきた座右の書に『三方よし』の教えがあります。元は近江《おおみ》商人の言葉で、三方よしとは「売り手よし」「買い手よし」「世間よし」のこと。皆がともに幸せになる社会。係《かかわ》る人々が主人公であり、大自然と共生できる社会。破壊ではなく循環できる環境。それを可能にする新しい技術の開発。感謝と感動を忘れない人々の村落社会。

生きがいや世の中に役立っていることを感じられる世の中。モノやお金があるから幸せなのではなく、「生きているからこそ」幸せだという価値観が息づく社会のことです。

ところが、現在社会はそれとは全く逆の『三方悪』の社会となり、皆がそろって「不幸」

になっているのです。

「このままで本当にいいのでしょうか？」

そんなはずはありません。

今ならまだ何とか間に合うはずです。

もう一度、足元を見つめ直し、一人ひとりが自分の尊《とうと》い「まごころ」に問いかけてみるべきなのではないでしょうか？

二十一世紀の世の中において、本当に大切な「価値観」や「新しい技術」とは何か？

これからの「あるべき社会」の姿を今こそ再考し、行動を起こしてゆく必要があると思うのです。

そこから得られた〝気付き〟から行動を起こすしか改革は始まりません。数の問題ではなく、ほんの少しの方々が意識を変え、行動に移せば、必ず社会は変わって行くと信じています。

目次

第一章　「豊かな社会」の代償

☆万引きは傷ついた子供の悲鳴

大粒の涙がこぼれ落ちた…。
まだ、あどけない顔をした二人組の女子高校生。
どこにでもいるような、ごく普通の高校生に見える。
テーブルの上にパンとお菓子がある…三度目の万引だった。
うつむきながら、犯した罪の意識で小刻みに肩を震わせて泣いている。
二人に静かに問いかけた。
「どうして涙が流れるのかな？」
「苦しいよね！
辛いよね！」
答えはない。

「それはね、貴方たちは良い子だからだよ！

『まごころ』があるからなのだよ。

元から悪い子なんてどこにもいないと、おじさんは思っているよ」

わたしにも娘が二人いる。

泣いている少女の姿が娘たちと重なって仕方がない。


少女たちの瞳から、再び熱いしずくが頬を伝ってポタポタと流れ落ちた。

「『申し訳ない。悪いことをしてしまった』という、『まごころ』があるから涙がでる。

これほど尊いものはない。その涙をダイヤモンドに変えることができるのは、自分だけなのだよ」

どうしてだろう。

傷ついた心で非行に走ってしまう悲しい子供たちがなくならないのは…。


利の薄い商《あきな》いをしているスーパー・マーケットにとって、万引の被害は痛い。

時に、一回の被害額が四千、五千円に上ることもある。

経営していた三店舗の小さなスーパーでも万引の被害は絶えなかった。

万引をするのは少年や少女たちだけではない。大人も、お年寄りもいた。

店舗スーパー開店のころの著者（1978 年）

売り場面積が約百坪ぐらいしかない、小さな食品スーパーだから、万引にすぐに気付いてしまう。

二度目までは、目をつむろう…

「もうやったらいけないよ…」と心の中でそっと祈る。

三度目になると、「もう仕方がない」と心を決めて、万引した者を事務所に呼んで話をする。

ただし、決して警察に突き出したり、学校に通報したりするようなことはしない。

従業員には常々こう話していた。

「よくぞウチの店で万引してくれた。『ありがとう』という気持ちで事務所へ連れてきてくれないか。責めたらいけないよ」と。

きれい事を言うな、善人ぶるな…と思われるかもしれない。

だが、何と言われようが、それが紛《まぎ》れもない本心なのである。


なぜ、少女たちは、子供たちは、大人たちまでもが万引をするのだろう?

理由はさまざまであろう。

ちょっとしたスリル?

遊び心?

悪い仲間にそそのかされて?

あるいは、本当に生活に困って、食べる物にも事欠き、やむにやまれず間違いを犯してしまう人もいるだろう。

だが、たいていは『心の傷』が万引をさせているのだ。

子供の万引ほど心が痛むものはない。「救い」や「居場所」を求める、傷ついた子供たちの悲鳴が聞こえてくる。

二人の少女もそう。

商品がほしいのではない。

やはり『心に傷』がある。

万引をすることで、誰かに救いを、温かい心を、求めているのだ。

人間にとって「自分の存在」が否定されることほどつらいものはない。

「居場所」がないことほど、みじめなことはないのだ。

「わたしはここにいるのよ」

「お母さん、お父さん、先生…しっかり見てよ！」と、悲痛な少女たちの叫び声が聞こえてくる…。

決して、感情論や安っぽい同情心からこんなことを言っているのではない。

偽善者ぶるつもりもない。

ただ、『今の社会が、おかしくなっている』と感じている大人のひとりだ。

万引をした『少女たちの涙』は、社会の病巣《びょうそう》を映し出す『鏡』なのだと本当に思う。

これまで、やみくもに突っ走ってきた利益最優先、能力主義といった社会システムの〝歪《ゆが》み〟が、こんな形で吹き出している。

『競争と対決』ばかりを強《し》いられて、「もう苦しい」「限界だ」と悲鳴を上げている。

偏差値を上げ、いい大学に入り、給料のよい就職先を見つける。そんな、たったひとつの価値観しか認めない社会からこぼれた子供たちに『居場所』はない。

たまったストレスは〝負のエネルギー〟となって爆発し、非行や暴力に向かってしまう。

万引は〝負け組〟などといわれて見捨てられ、寂しく、つらい思いをしてきた子供たちの、せめてもの自己主張ではないのか。

だから、少女たちを責めることができないのだ。

たとえ、警察に突きだしても問題は解決しない。よけいに子供たちの心を傷つけてしまう。反発心を覚えて、万引は増えるだけだろう。

二人の少女と話す。彼女たち自身が『自分の中にある良心』に気付くことを祈りながら…。

わたしも心で呟きながら、彼女たちにうったえていた。

「少女の万引ごときで何を大げさな…」と思われるかもしれない。

だが、いま現代社会が抱える矛盾が引き起こしている「すべての出来事」はつながっていると思えてならない。

みんなが利益や効率を優先し、〝不都合な真実〟に目をつぶっている。

一人ひとりが早く「その危機」に気付いてほしいと思っているのは、わたしだけだろうか。

〝気付き〟を得て、行動を起こさなければ、本当に手遅れになってしまう。

それをいま声高に訴えたい。

そう考える理由については、これから徐々に語っていきたい。

☆教育の歪み

まずは教育について考えてみよう。

万引をした少女たちが「『居場所』がない」と悲痛な叫び声を上げるのはなぜか？

その原因は、やはり現在の家庭教育と現行教育制度の歪みにあると思う。

戦後、日本の教育制度は大きく変わってしまった。アメリカ主導のＧＨＱ（連合国軍最高司令官総司令部）によってである。それまでの学校教育は「複線型」であったが、機会均等を建前とした「単線型」に変えられたのである。

戦前は、高等学校、大学（いずれも旧制）へ進めるのは同世代のわずか一％。中学（同）への進学者でも一〇％程度にすぎなかった。選ばれたいわゆる〝エリート〟である。

では、それ以外の子供たちにはどんな進路があるのか？

小学校や高等小学校（さらに二年間）を出て、商家に雇われたり、職人になったり、農業や漁業に就いた。

あるいは上級学校の商業学校や工業学校を出て、会社に勤めるケースもあったであろう。

いずれにせよ、個々の能力や家の財力によって、さまざまな選択肢がある「複線型」であった。

だが、戦後の教育制度は、ほとんどの子供たちが高校、大学へと進む「単線型」だ。

現在では、高校への進学率は一〇〇％近く、大学への進学率も五〇％を超えている。

「その制度のどこが悪いのか？」

「皆が平等に大学まで進めるようになって、勉学の機会が開かれるようになって良かったではないか」と反論する向きもあるだろう。

もちろん、戦後の教育制度にそうした良い面があることは否定しない。

ただしこの制度は一見、「機会均等」のようだが、実態はまるで違う。

まず、偏差値によって各学校で厳然とした優劣がつけられている。

進むべきラインは、ひとつ（単線）しかないから、競争に勝った者（いい大学へ入った者）はいいが、それ以外の者（学校の成績が良くない者）は、バッサリと切り捨てられてしまう。

つまり、価値観がひとつだけしかない。それ以外の人間の『存在』や『価値』を認めようとしないのだ。


だから、途中でドロップアウト（高校中退者など）した者が再チャレンジをする道を見つけることは極めて厳しい。


必然的に教育システムは知識偏重の能力主義、詰め込み主義になってしまう。

教師も親も、子供たちも、受験テクニックをせっせと磨き、偏差値を上げ、いい大学に入り、給料の高い名の通った一流企業に就職することだけに血まなこになる…。

経済至上主義、利益最優先の世の中では、それこそが『成功者』『勝ち組』のモデルであり、親もまたそれを期待する。


価値観がひとつ（学校の成績）しかない画一的な教育システムの中では「勉強のできる子」だけが〝よい子〟なのだ。

反対に勉強ができない子供は〝落ちこぼれ〟の烙印《らくいん》を押され、学校の成績によって将来の進路も収入も決まってしまう。

たった十五歳や十六歳の若さで、その子の将来や、才能、可能性の何が分かるというのだろうか？

〝負け組〟とされてしまった子供たちの人生は、そこで頓挫《とんざ》してしまう。

未来に向かって、明るい夢も、わくわくするような希望も抱けない。

こんなつらいことはないだろう。

駆けっこが得意な子供も、絵を描くのが上手な子供も、それが抜群な才能でもない限り、ただ、勉強ができない、学校の成績がぱっとしない、という、ただそれだけで、「存在」すら認められない。

「勝ち負けがすべてだ」

「〝負け組〟などほうっておけ」といわんばかり。

ますます世の中は「競争と対決」ですべてが決まるようになってゆく。

本当にそれでいいのだろうか？


価値観は決して「ひとつ」ではない。

かつては大学など出ていなくとも、高学歴でなくとも人間として、存在を否定されることはなかったと思う。

職人として「ものづくり」に生きる道。商人として身を立てる人。代々、農業や漁業を生業《なりわい》とする家も多かった。

個性豊かな子供を育てるというのが、戦後の政府や学校や社会が掲げたキャッチフレーズではなかったのか。

現実はまるで違うではないか。

勉強以外の個性や能力は見ようとしない。

画一的な教育システムが生み出す人間は〝まるで金太郎アメ〟のようだ。

子供たちがよく親に問うことがある。

「勉強は何のためにするの?」

「なぜ、学校に行かなくちゃならないの?」

「そのことで将来、どんないいことがあるというの?」

親たちの答えは多分、こうだ。

「しっかり勉強をして、いい学校に入り、いい会社に入るためよ」

「それがあなたのためなの」と。

親や学校の先生たちがそろって、こうした価値観に凝り固まり、子供にも強いているのだから抗《あらが》いようがない。

子供たちは、そんな親の期待に懸命に沿おうとして塾通いに励む。〝親の愛というエゴ〟に必死に応えるために…。

　涙が出る。


　子供はいつだって親に認めてほしいのだ。

　競争原理の中で、いい学校へ入ることだけが勉強の目的と化してゆく。

　だから、大学へ入ったとたん、目的を失い、空虚感にさいなまれてしまう。

　一方で、成績がよくない、というだけで学校から見捨てられ、親からも存在を否定されてしまった子供たちはどうなるか？

　多感な十代の少年、少女が、未来への夢や希望も描けない、ということを感じ取ったら、心がズタズタになるだろう。

　強いストレスやトラウマは、やがて「負のエネルギー」となって爆発する。

　憎悪を生み、非行や暴力、犯罪といった行為に向かう。

　あるいは内に向かい、家に引きこもる。

　自分の存在を認めてくれない社会や親に向かって激しい怒りをぶつけ、自暴自棄に暴れ回るのだ。

　そうした歪んだ行為だけが彼らに唯一、残された存在表現であり、「自己主張」だからだ。

☆「飽食の時代」

敗戦後、焦土となった日本は急ピッチで復興を成し遂げ、世界にも類をみない「豊かな社会」を作り上げた。

そして、あっという間に世界二位の経済大国（当時）に登り詰めた。

みんなが死にものぐるいで働き、汗水たらして一生懸命努力すれば、給料は上がり、いい暮らしができた時代である。

競《きそ》うようにして電化製品を買いそろえ、マイカーやマイホームを手入れた。

奇跡のような発展は、勤勉な日本人だからこそできたのだろう。


だが、それは必ずしも「良いこと」ばかりを生んだわけではない。

約七十年前には食うや食わずの時代で餓死する人までいたのに、今や「飽食の時代」といわれ、食べきれないほどの食べ物をどんどん生産し、輸入し、余った大量の食べ物を捨てている。

世界中で、多くの人々がいまだに飢餓に苦しんでいるというのに、だ。

経済至上主義、もっと言えば、利益最優先主義の名の下で、必要以上の大量生産、大量消費がまかり通っている。

生産者も口にしないような化学物質や農薬にまみれた食品がばらまかれ、地球の環境は疲弊《ひへい》してゆく。

すべては「利益」のためだ。

すべては「競争と対決」だ。

そこで勝ち抜いた者が〝勝ち組〟。

負けた者は目も向けられない。「存在」すら否定されてしまう。

「万引をする少女」「農薬まみれの食品」「地球環境の破壊」…。

すべての出来事はつながっているのだと思えてならない。

富める者、持たざる者の「格差」は広がってゆくばかりだ。

戦後の、わずか数十年前に始まったことが、「悪臭」を撒き散らすようにして、猛スピードで拡散している。

それで本当にいいのか？　わたしの心は恥と痛みで辛い。


日本人は古来、「絆」や「和」の精神をとても大事にしてきた民族である。

だが、「競争と対決」の社会システムの中では、その精神は萎《しぼ》んでゆくばかり。

人々の支えとなってきた、従来の家庭や学校、地域の祭りを中心にした繋がりや絆がどんどん、断ち切られてゆく。

争いを好まず、「和」を何よりも尊び、「わたし（自分）」より「公（世の中）」のため、という精神を大事にしてきた日本人の伝統的な意識が急速に薄れてゆく。

その代わりに横行し始めたのは、「自分さえよければいい」といったエゴにまみれた誤った個人主義だ。

「カネさえあれば何でもできる」とうそぶき、拝金主義を何ら恥じない輩《やから》が幅をきかせている。

「心」が置き去りにされているのを、誰もが気付かないふりをしている。

「もうしんどい」と人間が、地球生物が悲鳴を上げているのに、皆が〝不都合な真実〟に口を閉ざしたままだ。

自然の摂理を無視した「悪循環」が人間としての生命の輝きをも奪ってゆく。

無理に無理を重ねた〝金属疲労〟が限界に近づき、地球環境が破壊され、破綻がもうすぐそこに、見えているというのに。

少女たちの行為は「救い」を求めるシグナルにほかならない。

そこに気付いてほしいと思う。

「家庭の崩壊」も深刻になっている。

これも「豊かな社会」の代償として戦後、わが国の社会において急速に崩壊していったもので、日本人が失った「大事なもの」のひとつだろう。

高度経済成長期、大人たちは、いつも仕事に追われて忙しく、両親が共働きの家も珍しくなくなった。

かつては三世代、四世代同居の大家族が当たり前だった。

だが、若い親は、祖父母との同居を好まず、都会の厳しい住宅事情も核家族化に拍車をかけた。

そのことが、家族の「絆」を家庭の「温かみ」といったものを断ち切ってしまっている。


〝鍵っ子〟の子供が学校から帰り、玄関のカギを開けても、お母さんの「お帰りなさい」の声が迎えてくれることはない。

部屋の中は暗く、冷たいままだ。

ひとりぼっちの子供は、こたつにくるまり、テレビを見ながら親を求めて心の中で泣いている。

「――お母さん、早く帰ってきてよ！」

夕食もひとりだ。

インスタント食品か、コンビニなどで弁当を買う。

お父さんを中心に家族みんなで囲む夕餉《ゆうげ》がどれほど温かく、子供たちの感性を豊かに育てるのか、もう一度考えてもらいたい。


少子化が進み、子供は幼いころから個室が与えられる。小遣いもある。

だが、親子や家族の会話はほとんど交わされることがない。

忙しい親が、たまに子供と顔を合わせても口をついて出るのは小言ばかりだ。

「勉強しなさい」

「この成績は何だ」

「部屋が散らかり放しじゃないの、さっさと片付けなさい」……。

怒ったり、うるさく小言を言ったりする前に、なぜ、子供の話をじっくりと聞いてやらないのか。

忙しくて時間がない、というのならただ抱きしめてあげるだけでいいのに。

「いつもお前のことを思っている。大好きだよ」と……。

しかし、孤独という「よろい」をつけてしまった子供たちには、すでに親のそんな言葉は届かない。親子のカベは出来てからではおそいのだ。

☆「よくぞウチの店で万引してくれてありがとう」

万引に走る子供たちは、ただ寂しいだけなのだ。

学校に「居場所」が見つけられない彼らは親を、温かい家族を求めているのに、家庭にも「居場所」がないのである。

だから、子供たちは非行や暴行という歪んだ行為で「自己主張する」しか手段を見つけられない。

「お母さん、わたしのことをしっかりと見てよ。ちゃんと『ここ』にいるのよ…」

万引という行為は、愛が憎悪に変化した〝負のエネルギーの噴火〟なのだと、なぜ親は、教師は気付いてやれないのだろうか。

大人も子供たちも、「競争と対決」の社会の中で、もがき、苦しみ、自己を見失い、自分がしている行為の善悪すら分からなくなっている。


そんな子供たちを警察に突き出すことができようか。

実際に、警察や親への通報がさらに万引を増やしてしまったケースがある。

知り合いの書店がそうだった。

彼の店では、年間の万引の被害が百万円単位に上るという。

捕まえては親や学校に通報し、警察に突き出すこともあった。ところが、被害は減るどころか、一向に止まない。

そんなことをしても問題は解決しない。

反発心を募らせ、結局また仲間を誘い、万引を繰り返してしまう。

まさに悪循環…。

この子たちが求めていた「救い」や「居場所」はどこにあるのか？

心が傷つき、歪んだ行為に走ってしまう悲しい子供たちを見るたびに、わたしは涙がこぼれてしまう。

誰が子供たちの感性をここまで破壊してしまったのか。

誰が家庭からも子供たちの居場所を奪ってしまったのか。

「豊かそうに見える社会」の中で「心は貧しく」なるばかりではないか。

そう思えてならない。


二人のあどけない顔をした少女たちは、じっとうつむいたまま、まだ体を震わせ涙を流していた。

今、できることは、少女たちの話を聞いてあげることぐらいしかない。

万引という歪んだ行為を反省し、自分の良心に恥じない生き方へと向かってほしい…そう願いながら、こう声を掛けた。

「人間は弱い生き物なのだ。

誰だって心の悪魔と戦いながら、恐れと悲しみの間で闘いながら成長していくのだよね」

心というものはとても弱いものだ。

油断していると、嫉妬や欲望、憎悪、怒りといった感情が割り込んでくる。

「良心（思いやり）」と「利己《エゴ》」の二つの心の間で始終、揺れている。

「欲望に踊らされて、いつ良心を見失うか…。おじちゃんだっていつも、自分の心に問いかけながら何とか生きているのだよ」


本当だ。

まだ小さいころ実はわたしも、畑のスイカや柿などを盗んで食べたことがある。

いつも、いつでも、心の葛藤と闘わねばならない。


どんな子供たちの心にも「ダイヤモンド」はある。

ダイヤモンドは誰が持っても美しい。

そのダイヤモンドは人を差別したり、さげすんだり、だましたりもしない。

大事な大事な自分の人生ではないか。

自分で自分に誇りを持たず、いったい誰が大切に思ってくれるだろうか。


「自分は、自分の心に恥ずかしくない生き方をしているだろうか？」

苦しかったり、つらいことがあったら、自分にそう問いかけてみたらいい。

生きていること自体に感謝をしているだろうか？

少しでも世の中の役に立つことをやっているだろうか？

その尊《とうと》い気持ちこそが「美しいダイヤモンド」になるのだ。

「自分を信じるということは、自分の『まごころ』を信じることなのだよ。『まごころ』を信じてあげなければ、そのダイヤモンドのようなきれいな涙がかわいそうだ。」

二人の少女は小さくうなずいた。

この「出会い」が少しでも〝気付き〟のきっかけになったのであれば、これほどうれしいことはない。

家庭や学校での絆が断ち切られ、救いを求めている、苦しんでいる子供たちがそこにいるならば、せめて地域で支える大人のひとりになれればいい、と思う。

だから、少女たちに出会えたことに心から「感謝」したいのだ。

「よくぞウチの店で万引してくれてありがとう」と…。

☆死を思いとどまらせた「無垢の顔」

姉の知り合いで、宮崎の中学三年生、M君のお母さんはまさにそのとき、車ごと海へと飛び込み、息子と一緒に心中するつもりだった。

もう死ぬしかない……

「これ以上、耐えきれない……」

そう思い詰めるほど、追い詰められていたのである。


M君は、三人兄弟（姉と妹）の真ん中。父親は地元の教育委員長を務めている。

ところが、姉と妹の学校の成績は優秀なのにM君だけが芳《かんば》しくない。

「何だ、この成績は」

「（教育委員長の）オレに恥をかかせるな、しっかり勉強しろ！」

忙しい父親がM君と顔を合わせることはめったにない。

たまに、息子を見かけたら、このように怒鳴るばかり。

あるときは、低い評価の数字が並んでいる通知表を投げつけて、M君を激しく叱責《しっせき》した。そして、いつも優秀な姉や妹を引き合いに出して比べられた。

「本当にお前はオレの子か？」と酷《ひど》い言葉で罵《ののし》られたこともある。

厳しい父親の前では、母親もオロオロするばかりで、かばってくはれなかった。


M君の心は深く傷ついた。

彼もまた、偏差値一辺倒による教育システムの〝犠牲者〟だった。

学校の成績が芳《かんば》しくない、というだけで、知識偏重の能力主義、詰め込み主義の画一的な教育システムの中では「居場所」を失ったひとりだったのである。

学校だけでなく、親からも「存在」を否定され続けたM君の『こころ』は、固く閉ざされてしまった。

幼いころから、じっと我慢するしかなかった。

ところが、中学生になり、体が大きくなると、反抗心がムクムクと芽生えてくる。

そして、歪んだ心は〝負のエネルギー〟となって爆発し、めちゃくちゃに暴れ回るようになってしまう。

もはやM君は、自分の存在を否定し続けた親に「恥をかかせてやる」ことしか頭の中にはなかった。

眉毛を剃り、チンピラのような怖い顔になる。バットをもって学校の窓ガラスをたたき割り、教室で暴れて授業を妨害した。

果ては傷害事件まで起こし、親も教師も手のつけられないワルになってしまう。

「このままエスカレートすればもう少年院に入れるしかない」

回りは匙《さじ》を投げた。

そんな深刻な事態になっても、教育委員長の父親は、まだ体面ばかりを気にしていたというから度し難い。

「（父親が教育委員長なのに）息子を少年院にいれるわけにはいかないだろう」と。

お母さんはやはりオロオロするばかりで、為す術《すべ》がなかった。

困り果てた母親はとうとうM君を道連れにして、死ぬことを決意した。

「たまには一緒に旅行へ行きましょう」

そう誘って軽ワゴン車にM君を乗せ、宮崎からフェリーに乗って、四国の足摺岬《あしずりみさき》までやってきたのである。

そんなことなどまったく知らないM君は、うれしくて仕方がない。

日頃、「存在」を否定され、怒ってばかりの親から旅行に誘われたのである。

物心がついてから、母親が自分のためにどこかへ連れて行ってくれた、などという記憶は一度も無かった。

うれしい気持ちがM君の心を温かくした。

やがて、M君は車の後部座席に横になり、安心しきった様子で、しばらくすると安らかな寝息を立て始めた。

ふとお母さんが、その顔をのぞき込んだとき…。

ハッとした。

「なんて優しい顔をしているの！」

それまでの、憎しみと怒りに満ちた鬼のような怖い形相がすっかり消えている。
代わりに、生まれたばかりの赤ん坊みたいな「無垢の顔」がそこにはあった。
なんてバカな親なの。（息子を）こんな風にしてしまったのはわたしだ…。
つらい目に遭っていた息子をかばってやれなかった自責の念がこみ上げてくる。
「…ごめんね、ごめんね…」
母さんが悪かったのよ…
母親はM君の体をしっかり抱きしめて、わんわんと泣いた。
そして、海に飛び込む寸前で死ぬのを思いとどまったのである。
無垢の顔がそうさせた。

赤ん坊の心は、誰でも〝真っさら〟だ。
「我」も「煩悩」もない。
ただ本能のまま、感じたままに泣き、笑い、おっぱいを吸う。

成績が芳しくないというだけで、学校からも親からも存在を否定され続けたM君は、手がつけられないワルになってしまった。
その一方で、中三になっても寝小便が治らなかったという。

父親から成績のことで罵倒《ばとう》されることがトラウマとして刻み込まれ、過度のストレスにさいなまれ、もはや神経がズタズタになっていたのだ。

そんなM君が、母の温かい愛を感じ〝赤ん坊の顔〟に戻った。

本来の「人間らしさ」を取り戻すことができたのである。

そして、母親もまた、M君の無垢な顔を見て、母に戻ったのだ。

☆どんな子も見捨てられない

M君のお母さんから相談を受けた姉が、「弟がスーパーをやっているから息子さんを（アルバイトとして）預けてみたら…」と持ちかけたらしく、M君を連れて広島県三原市まで車でやってきた。

ところが、そのころ、経営するスーパーは二店舗を出店したばかりで赤字続き。とてもアルバイトを、新たに雇う余裕などない。

そもそも中学生が、職場の戦力として役に立つとも思えなかった…。

しかし、目の前で溺れかけている子供を見過ごすわけにはいかない。

結局、しばらくの間、M君を店で預かることにしたのである。

「世の中の厳しさをぜひ、息子に教えてやってほしい」

Ｍ君のお母さんはそういう。

しかし、まったく逆なのではないかと思った。

勉強ができないことで「存在」を否定され続け、心が傷ついている、歪んで負のエネルギーを爆発させている子供に厳しく接しても、それこそ、よけいに反発するだけだ、と…。

それよりも、まずは人間として信頼関係を築くことではないのか。

子どもとの信頼をふかめるのは、やはり「遊び」だ。と考えたのである。

時間を見つけては、Ｍ君と遊んだ。

「ドライブに行こう」と海に連れ出したり、弁当を作って山に登ったりもした。

しかし、職場での彼の姿はヤンチャなままで、売り物のタマネギやジャガイモをボール代わりに投げてキャッチボールをして遊ぶ始末である。

それでも、声を掛け続けることを忘れてはいけない。相手は「存在」を否定され続けた子供なのである。

「――あんたは素直でいい子なのだよ。もともと悪い子なんていないのだから」と…。

三原市では珍しく大雪になった冬の日。

みんなで雪合戦をし、雪だるまを作って遊んでいた。

そのときである。

「――社長…ありがとう…」

雪がシンシンと降り積もるなか、M君が突然泣きじゃくり、しがみついてきた。

そして、堰《せき》を切ったように自分のことを話し始めたのである。

勉強ができる姉と妹に挟まれて苦しかったこと。父親からいつも怒られていたこと。母親がかばってくれなかったこと…。

憎悪と反抗心で凝り固まっていた心の「雪解け」が起きたのであろう。

手のつけられないワルだったM君はやはりずっと「救い」を求めていた。

万引をした少女たちと同じく、偏差値や知識一辺倒の教育システムの〝犠牲者〟といっていいかもしれない。

それなのに、つらいのに、「居場所」がどこにもないのに、誰も支えてくれなかった。

ただただ、温かい親の愛が欲しかったのである。

彼らとの「出会い」で多くを学ぶことができた。それは『どんな子も見捨てられない』という真実だった。

M君はひとつ頼み事をしてきた。

「もうひとりいるのです。僕と同じような仲間が。K君も雇ってくれませんか」

M君と一緒になって、ワルの限りを尽くしていた仲間である。

いや応もない。

M君が助けを求めているのだ。

このことを中学校へ問い合わせてみると校長先生が驚いてしまった。

「彼（M君）がそんなことを本当に言ったのですか？　M君の様子をぜひ担任と直接見に行きたいのですが…。K君のことはそれから考えさせてください」

やがて校長先生と担任の先生は、本当に飛行機に乗ってやってきた。

M君の顔を見て二人はさらに驚いた。

あれほどのワルだったM君の表情がすっかり様変わりしている。

少年らしい、素直なあどけない顔になっていたからだ。

校長先生は、まるでマジックを見たかのような表情で問いかけてきた。

「――わたしは教育者として恥ずかしい。いったいどのような指導をされたのですか。何をしたのですか」と…

「そうですね。しいて言えば、彼が話し始めるのを待って、それにじっくりと耳を傾け、一緒に遊んだだけです。

一番は、お母さんですよ。彼の『命の存在』を初めて認めてあげた。母の愛が彼の氷のような心を溶かしたのです」

それを聞いて、校長先生もまたホロホロと涙を流されたのである。

間もなく、不良仲間だった友達が宮崎からここへやってきた。


やがて、中学三年生の二人の卒業式がやってきた。

二人が広島から戻ってくる、と知った学校内は大騒ぎとなった。

「また暴れて、卒業式が台無しになるのではないか?」

先生も同級生も戦々恐々である。

だが、もちろん卒業式はそんなことにはならなかった。

歪んだ心が生んだ負のエネルギーは消えて、すっかり表情も変わった二人は頭を丸刈りにしていた。

そして、初めて被《かぶ》った学帽と制服に身を包んで卒業式に現れたのである。

校長先生から名前を呼ばれた二人はどこの誰よりも大きな声で「ハイ!」と元気よく返事をした。

「よくがんばったね」と校長先生が声を掛けると、二人は泣きじゃくりながら卒業証書を受け取ったのである。校長先生の目からも涙がこぼれた。

卒業式が終わり、いつの間にか姿を消していた二人…。

同級生らが式場の扉を開けて、会場の外へ出ようとしたとき、みんなの前に二人の姿があった。何ということだろう。

二人が土下座をしているではないか。

先生と同級生の前で涙を流しながら。

「みんな、どうか僕たちを許してください！　ごめんなさい…」

二人は先生や同級生の体に縋《すが》り付きながら懸命に許しを乞うたのである。


そのことを後に、校長先生から手紙で教えて頂いた。

涙で濡れた跡があるその手紙を今でも大事に持っている。

M君とその仲間、お母さん、そして校長先生…。

「出会い」にまた感謝した。

「ありがとう」と心から言いたい。

「真《まこと》」の心は、どんなに時代が変わっても変わらないのだ。真はつながって行くのだ。

それでしか人は動かない。

真心をもって中へ飛び込んでいく。

真心に響かない限り、人の心というものは決して動かせないのだ。

手がつけられないワルだったM君は、母の愛という「真心」を感じたからこそ、人間らしい、赤ん坊のような無垢の顔に戻ることができた。

☆「三つ子の魂百まで」

すでに書いたが、本能のままに動く、感じたままに行動する赤ん坊の心は真っ白だ。

思慮、分別も、好き嫌いの感情もない。

〝ただあるがままの世界〟に生きている。

そんな赤ん坊が泣き声を上げるのは、人としての「存在」をアピールする初めての儀式なのだ。

親は赤ん坊に、名前を付ける。

「命名」は文字通り「命を名付ける」行為にほかならない。

両親が、祖父母が、親類が、知人達が愛《いと》おしくその名を呼ぶ。

その声が言霊《ことだま》として、真っさらな赤ん坊の脳細胞に滲みわたってゆく。


その中でも母の声は特別だ。

ぴかぴかの真っさらの脳に最初に吹き込まれ、刻みこまれるのが、世界にたったひとりしかいない母親の声なのである。

母の声は指紋と同じで、音波、音声として「言霊」となって、赤子の脳に沁み込んで行く。そして、真っ白な脳細胞は母の声を受け取り、脳細胞が活性化して、人体形成をしていくと言われている。

生まれたばかりの赤ん坊をしっかりと胸に抱きしめる。

母乳を含ませ、目と目を見つめあって赤ん坊の名を呼ぶ。

豊かな乳房の中で赤ん坊は安心しきった顔で眠るだろう。

母の鼓動が子守歌だ。

愛《いと》おしくわが子に接する母の行為がどれほど子供に安心感を与えることか。

それが、生まれたばかりの赤ん坊の感性を育《はぐ》くむのにどれだけ大事なことか。

赤ちゃんは、世界にたったひとりのお母さんの声を聞き分ける本能を持っている。

だから、名前を呼んであげるだけでも構わない。

抱きしめてあげるだけでいいのだ。

赤ん坊は母親の胸に抱かれることで、細胞レベルでの安らぎを感じる。

それが、子供の感性を育て、心を豊かにしてゆく。

「感性（五感・五官）なくして想像力」なしと言う。人としての尊厳に係っているのだ。

何よりも大事なことは、赤ん坊が三歳になるまでの間に、お母さんが、または、母に代るわる人が命名した名を呼び続けることなのだ。それをしっかりと続けることである。

「三つ子の魂百まで」は単なることわざではない。

三歳までに受け取る愛が、子供の感性を、人生を決めるといっても過言ではないのだ。

昔の人は、その大事さをちゃんと知っていたのだろう。


逆に、大事な時期にしっかり、抱いてもらえてなかったりしたら、どういうことが起きるだろうか。

赤ん坊が母親を必死で求めているのに目も合わさず、テレビを見ていたり、スマホの画面に夢中になっている若い母親も街でよく見かける。

「心ここにして、ここに非ず」だ。

そのような、お母さんからは、大事な赤子の感性が育たない。

幼児や乳児にとって「愛情」が世界のすべてなのだから。

心の満たされない、気持ちは次第に猜疑心《さいぎしん》とストレスとなって、子供の心の奥底に澱《おり》のように溜まってゆく。

中学生ぐらいになると、イライラが募り、突然、心がおかしくなってしまい、キレたり、非行に走ったり、内にこもったりする。

いったん、そういう子になってしまったら、簡単には元へ戻らない。

外部環境は別として、生理的に性エネルギーがテロ化するのである。

これも繰り返しになるが、日本の高度経済成長期、親は働くのに忙しかった。経済優先の社会、いい大学に入り、いい就職先を見つけることだけが優先される社会を、親も子にそれを求めた。

近年、「男女共同参画基本法」が制定され、働く女性や母親も珍しくはなくなった。しかし、そのしわ寄せは、子どもたちに向かう。

一部の家庭ではあるが、たまに顔を合わせても小言をいうばかり。小遣いだけを与えて、話を聞こうともしない。

M君の両親のように勉強ができない子供は「存在」すら認めようとしない…。

残念ながら、そんな親が増えてしまった。

「時代は変わった。昔とは社会環境が違うのだ」という人もいるかもしれない。

だが、親子の愛はいつの時代も「不変」である。

忙しいことを言い訳にして、親が親の役割を放棄してしまえば、もはや『親』ではなくなってしまうだろう。

何度も言うが、愛を持って子供を抱きしめる。

もし、お母さんがいなければ、代わる人でもいいのです。子どもの目を見て、しっかりと話を聞いてあげる。そして「ほめて、温かくしかり」「愛している」と優しく言葉をかけてあげるだけでいいのだ。


そのことだけで、子供の感性が育まれ、想像力が磨かれてゆく。

子供は安心し、「居場所」を求めて非行に走ることもない。


子供は、親の姿をしっかりと見ているのだ。

懸命に子育てをする姿。

病気をしたり、悩み、苦しんだりしている子供のために必死でかけずりまわる姿。

そんな親の姿を見て、子供は「親の愛」や「親の真心」に気付くのだ。


わたしはよく、若いお母さんたちにこんな話をする。

「誰があなたを親にしてくれたのですか?」

決してひとりで親にはなれない。

子供が生まれたことで、子供があなたを親にしてくれたのであり、同時に、あなたは「親にさせてもらった」のである。

子供は親の所有物ではないのだ。

必要以上の大量生産、大量消費の現代社会、利益最優先のシステムに流されてはいけない。その社会でひとつの価値観でしか評価されない〝よい子〟になることを無理強いしてはいけない。

親が一方的に子供に教えるのではない。もちろん放任もよくない。死ぬまで「親業」は続く。親子は親子である。『信頼と愛』である。特定の人たちの教育ではなく『人生の共育』なのだ。

子供のできない家庭も沢山ある。でも、自分のお父さんやお母さんは居る。お父さんお母さんの子どもに生まれ、育てて頂いた真実は普遍である。命を頂いたのだ。『感謝』が、人としての人生を共に育ててくれる。

第二章　〝豆剣士〟の生き方に学ぶ

☆愚かな指導者だった…

高校に入ってから剣道を始め、三段を取るまでに至った。

剣道とは文字通りの「道」である。

単なるスポーツではない。

凛《りん》とした精神的な雰囲気が好きだった。


少年剣士を相手に剣道教室を始めたのは、ちょうど、学校でいじめや、校内暴力が問題になっていた時期である。

地元では、過疎化が進み、子供の数が減っている。当時、通っていた小学校は全校生徒が八百人以上もいたのに、今では、百二十人あまりしかいない。

子供の数が減ると、昔は盛んに行われていた地域のお祭りなどの行事も、だんだんと少なくなっていった。

地元の人たちから、剣道教室の話が持ち上がったのはそんなころだった。

「地域の子供たちが『心を通わせる場所』がほしい」

「地域の子供たちの絆づくりに、思い出となる場を作ってあげたい…」

もっと言えば、知識ばかりの詰め込み教育や能力至上主義の世の中、画一的な教育システムへの反発があったかもしれない。

「決して学校の成績や学歴だけで『人の価値』は決まるものではないのだよ。もっと大事なものは『心』なのだよ」と
そう訴えたかったのだ。

「道」である剣道は単なるスポーツではなく、精神を、礼儀を、「心」を養う。

子供たちにそれを教えたい。

そんな思いもあった。

後輩たちと一緒に学校の体育館を使って「剣室」を始めたのである。

評判は上々だった。しかし、剣道を習うには防具が必要だった。高額なだけに防具を用意できない家庭もあった。全員に道具をつけて稽古をさせたい、との想いが、地元忠海《ただのうみ》の企業経営者の心に響き二十組の防具をそろえることができた。

感謝と共に、子供たちを思う心と、郷土愛のつながりと温かさを教えられた。というか、わ

少年剣道大会での著者（1972 年頃）

たしは人の真心を信じていた。

「子供を預かってくれ」とさっそく親たちが頼みにきた。

少年剣士たちの数は数年で、百三十人あまりに膨れ上がった。


その中でも、忘れられないひとりの〝豆剣士〟がいる。

まだ小学校二年生の彼は体が小さくて竹刀《しない》を振ることもおぼつかない。

重い防具を身につけると、よたよたとふらついた。

それでも彼はずっと、親に言われるまま、厳しい稽古に参加していた。

両親には両親の願いがあったのだろう。

「健康でたくましい子供になってほしい」

「何事にもくじけない強い精神を培《つちか》ってもらいたい」

だが、幼い彼にはそんな親の思いなど、理解できるはずもない。

「お父さん、お母さんの期待に応えたい。ボクは一生懸命、がんばるよ」

ただただ、そんな一途《いちず》な、健気《けなげ》な思いでしかなかったに違いない。

剣道の稽古は想像以上につらくて、しんどいものだ。

大きな相手に面を打ちこまれ、小手《こて》を叩かれる。つばぜり合いをして押し込まれ、体ごとなぎ倒される…。防具のない空間である脇の下や手のヒジ、胴着からはみ出た腰などをしたたかに打たれて、青あざや血がにじむことから解放されることはない。

わざとではない。過《あやま》ってそこに当たるのだ。いわば、不慣れの極みなのだ。

お互いさまであり、その痛みを共有しお互いにその過ちを詫びるのである。

打たれた痛さをお互いに知っているからである。それが『道』だと思う。

あまりの痛さで、小さな彼は何度も何度も面をつけた防具の奥から涙をポロポロとこぼした。

それでも彼は稽古についてきた。

小さな体で歯をくいしばりながら懸命に頑張っていたのである。

そんな彼の姿が、いじらしく見えてならなかった。

それと同時に、「こんな小さな体で、厳しい稽古がいったいいつまで続くだろうか？」と心配もしていたのである。

正月が明け、寒稽古が始まったときのこと…。

正座をしていた小さな彼が突然、崩れるようにしてその場に倒れた。

道場の床のあまりの冷たさと極度の緊張感で貧血を起こしたらしい。

わたしは自分の配慮の無さを悔《く》やんだ。

歯をくいしばって厳しい稽古に耐え続けている彼と中学生とを一緒くたにしてしまっていた

のである。

「心配していた」と言いながら、親の期待に応えようと、無理に無理を重ねている彼の頑張りに気を配れなかった。

修練、鍛錬という建前ばかりに気を取られ、限界を超えていた小さな彼の心身を気遣ってやれなかった。

何という愚かな指導者だったことか。


しかし、そんなことがあっても、彼はけっして剣道を辞めなかった。

相変わらず、稽古ではいつも相手に打たれてばかり。

試合に出ては負け続けた。

さぞ悔しく、つらかったことであろう。

だけれども、おそらく、彼は剣道を辞めてしまうと、自分に期待をしている両親を失望させたくなかったのだと思う。

「懸命にがんばっているのだ」という姿を両親に見てほしい。

「ボクはちゃんと、ここにいるのだよ」と存在を認めてほしかったのであろう。

だからこそ、厳しくつらい稽古に耐えることができたに違いない。

人間の尊厳は「存在を認めてもらう」ことで育《はぐ》まれる。

子供はとりわけ親に見てもらいたいのだ。

☆三年目の勝利

その小さな彼が、剣道を始めて三年目にして初めて試合に勝った。

もちろんのことだが、一番それを喜んだのは両親である。

ずっと、両親は彼のがんばりを見守り続けてきた。

すぐに「結果」を求めるのではなく、「ボクはここにいるのだよ」という彼のシグナルを受け止め、温かく励まし続けた。

そして、彼は必死でそれに応えてきた。

「三年目の一勝」によって、小さな彼の努力と両親の気持ちが、いっぺんに報われたのである。

うれし涙があふれた。

彼の目に…。

そして、お父さん、お母さんの目に。

息子のがんばりをどこの誰よりも両親が知っていた。彼の努力を誰よりも理解していたからこその涙だ。

町の剣道教室で少年剣士と

「出会い」への感謝がここにもある。

実は、剣道を彼に教えているつもりのわたしが「彼の姿」に学び、教えられ、随分と励まされてきたのだ。

何度も言うが、人間の心は弱い。これほど脆《もろ》く、変わりやすいものはない。

朝起きて決心したことが、たちまちに揺らいでしまっていることだって珍しくはない。

だからこそ、いつも自分で自分の「良心」に問い続けなければならないのだ。


正直に打ち明ければ、当時の自分は、それを見失っていたと思う。

他人を妬《ねた》んだり、恨《うら》んだり。

あるいは、努力する情熱も、がまんする心も、日々、自分を見つめ直し、反省する気持ちもいつしか無くしていたのである。

小さな彼の一生懸命な姿を見たとき、自分が恥ずかしくなった。

相手に打たれてばかりいたら、痛くてつらいに決まっている。

一年も二年も試合に負け続けて、悔しくないはずがない。

それでも彼は「両親の期待に応えよう」と涙ぐましい努力を続けている。

そんな姿に接するたび、心からの声援を贈ると同時に自らを恥じた。

「こんなに小さな体で懸命にがんばっているというのに、大人のわたしは情けない…」

そう思うと、自然と体に力がみなぎってくるのを感じたのである。

小さな彼の姿に教えられたのだ。


彼はその後もずっと剣道を続け、やがて県の代表選手に選ばれる。大学に合格し、大学生になっても剣道を続けた。

そして、彼はキラキラと瞳を輝かせて両親にこう言ったという。

「大学を卒業したら、剣道の指導員になりたい。だから地元で就職したい」

御両親にそう聞いたとき、涙があふれ出た。

打たれても、打たれても、負けても、負けても…小さな体で、激しい稽古を頑張り続けた彼の姿が目に浮かぶ。

何年分もの涙が、いっぺんにあふれ出たような気がする。

「わたしたちに勇気と希望を与えてくれて本当にありがとう」と…。

心の中でそう呟いた。

そして、小さな彼との出会いに心からの感謝を贈ったのである。

☆他人の痛みを知る

彼の両親は、すぐに「結果」を求めず、健気《けなげ》にがんばる姿を温かく見守りながら励まし続けたのである。

だが、最近の親を見ると、そうとばかりはいえない。

「他人まかせ」にしておきながら、すぐに「結果」をもとめてしまう。

あるいは、「他人まかせ」だからか、もしれない。


剣道教室にも、そのような親がいた。

「礼儀を身につけさせたい」

「体力や精神力を養わせたい」

口々にそういう。

もちろん、期待や希望があってもいい。

だが、度を過ぎてしまうと、子供たちの心を傷つけてしまう。

ときには、その感情が、指導者であるわたしたちにぶつけられることもあった。

「剣道をさせても、ウチの子は礼儀も精神力もちっとも身につかない」

「強くもならないし、姿勢だってよくならないではないか」

次第に親たちから不満がこぼれはじめた。

「――ちょっと待ってください。あなたたちはわが子がどんなにがんばっているのか、知っているのですか？」

剣道の稽古はしんどいし、竹刀で打たれると痛い。冬の寒い道場で、ずっと正座を続けるのはつらく、逃げ出したくなる。

わたしは猛烈に腹が立った。

子供たちがこんなに頑張って、歯を食いしばって、しんどい稽古を続けているのに親は不平不満ばかりではないか。

その上、結果が出ないのは「ぜんぶ他人のせい」なのである。


なぜ、子供たちの存在を否定するようなことをいうのか。

「よくがんばったな」と抱きしめて、見守ってやるのが親ではないか。

ならば、自分で体験してみるといい。剣道の辛さが分かるだろう。

そうだ、親子剣道大会をしよう！

大人たちに胴着や面を着けてもらい、竹刀を持ち、実際に子どもたちと、稽古を体験して、冷たい道場でも正座をしてもらった。

「剣道は、こんなにしんどいものなのですね。しらなかったな…」

たちまち弱音が漏れた。

「よく分かったでしょう。子供を非難ばかりせずに、がんばって稽古に通い続けていることをもっと褒めてあげてください。『結果』は後からついてくるのです」

他人の痛みが分らない。人として大切な感性の欠如、想像力の欠如は、子供たちだけの問題ではない。

困ったことに、利己主義は大人たちの間でも増えている。

「困った親たち」のエピソードをもう少し続けてみたい。

スーパーでの万引の話に戻そう。

子供の万引が見つかったとき、三十年、四十年前の親ならどうしただろうか。

「この親に免じて、どうかこの子を許してください」

親が涙を流しながら懸命に頭を下げ、許しを請《こ》うた。「この子の過ちは、親のや過ちです」。と必死に頭を下げ詫びた。

子供に代わって懸命に許しを請うている親の涙を見て子供は、「ああ、本当に悪いことをしてしまった。もうこんなことは、二度としてはいけない。親に謝らせるようなことは絶対にしてはいけない」と固く胸に刻み込んだのではなかったか。

ところが、現代の困った親はそうではない。

自らが叱ったり、謝ったりする親はほとんどいない。

代わりに「あなた（わたしのこと）が叱ってやってください」と平気で頼んできたり、「親に恥をかかせやがって」と子供に向かって怒り狂ったり。

揚げ句は「万引をされるようなこの店が悪い」と言い放つ親までいる始末である。

大人に自信がないのか。社会の風潮がそうなってしまったのか。

すべては「他人まかせ」であり、「他人のせい」なのだ。

こんな親の姿を見て、子供が反省するはずがない。

万引は、家庭や学校や社会で「居場所」を見つけられない子供たちのいわば、自己主張の姿なのだ。


こうした大人の態度を、「思いやり」ではなく「利己心《エゴ》」という。

他を思いやる心（利他心）とは、世の中のため、他人のためにお役立つこと。人として、その行為を最高の喜びとする心である。

一方の利己心とは、他人のことはどうでもよいこと。〝自分さえよければいい〟。すべてが自己中心的な考えだ。

収入が伸び、豊かな社会を実現し、モノや情報にあふれた便利な世の中になった、と人はいうだろう。

だがその一方で、豊かな社会の代償、弊害、歪みといったものが、どんどん人の心を貧しくさせ、世の中を、地球環境をむしばんでゆくのに気がつかない。

伝統的な価値観は崩壊し、家庭や地域での絆は断ち切られてしまう。


争いごとを嫌い、何よりも「和」を尊《たっと》み、自分のことよりも、進んで世の中のため「公」になることに力を尽くして来たのが日本人なのである。

それが今では、どうだろう？

ひとりよがりの個人主義に侵され、「自分さえよければいい」「悪いことはぜんぶ社会のせい、政治のせい」では嘆かわしい。

☆「三歳児」に子供は育てられない

心配なのは、こうした風潮の中で、「親」が親たり得ず、子供に大切なことを伝えられていないことだ。

最近の親たちの姿が未熟に見えてしかたがない。

「本当の大人」になれていないような気がするのだ。

つまり、子供が子供を育てている。

もっと厳しいことを言えば、その姿は、わずか「三歳児」の子供でしかないようだ。

三歳の子供が大人の〝親の顔〟をして、子供を育てるふりをしている。

三歳の子供を思い浮かべてみるといい。

「すべてが自分のためにある」というのが三歳児の姿だ。

目にするすべてが「自分のため」にあるのが三歳児なのだ。

残念ながら、そんな大人たちが増えている。

「利己」の心に取りつかれたまま、体だけ大人になってしまったような親……。

親が未熟でダメなのに、子供を教えられるはずがない。

子供にとって大事な感性を育んでもやれない。

「三歳児」に子供は育てられない。


そんな親が子供にこう言うのだ。

「勉強しなさい」

「いい学校に入って、いい会社に勤めるのが〝勝ち組〟なのよ。さぁがんばりなさい」

子供はそんな親の期待に応えようと、「存在」を認めてほしい、と必死で勉強し、塾通いに時間を費やす。

けれど、世の中には学校の勉強ができる子供ばかりではない。

「――ごめんなさい。いい学校に入れなくて、お父さん、お母さんの期待に応えられなくて…」と子供は心で泣きながら親に詫びている。

子が親に詫びるほど、親が子供に詫びたことがあるのだろうか。温かい言葉をかけてあげただろうか。


親にとって子供は、かけがえのない命なのである。子供も又、親は絶対的存在なのである。代替できない愛しい存在なのだ。

だからこそ、万引をしてしまった子供を親がしっかりと抱きしめ、〝この子〟に代わって詫びるのが親なのだ。

「子の罪は親の罪だ」と。

親として、わが子の〝心を放置した罪〟を詫び、子供の苦しみに対して詫びるのだ。

親の面子なんて、取るに足らないものではないか。

〝親の気付き〟こそが、子供を救ってゆくのである。

これも一人ひとりが自分の良心に問いかけるしかない。

☆個性豊かな「オンリーワン」

未来を担う子供たちの大事な「感性」（目で見えないものを感じる心。それが想像力や直感力を

双子の弟（右、君生）と自宅前の入江で（1952年頃）

養う）が育たず、命が輝くことはない。心身はますます荒《すさ》んでゆく。

いつから、日本の社会はこんなにひどい状況になってしまったのだろうか。

わたしの学んだ先生や親は違ったと思う。

学校の成績があまりよくなかったので、よけいにそのことが分かる。

対照的に双子の弟は勉強がよくでき、同じ高校でも弟は進学コースの普通科、わたしは〝定員割れ〟の園芸科だった。

それでも、くさったり、僻《ひが》んだりすることはなかった。

なぜなら、親や学校の先生から「存在」を否定したり、成績がよくないことで小言を言われたことがないからだ。

母はいつも、わたしに向かって、やさしくこう声をかけてくれたのである。

「忠生《ただお》には、忠生にしかできないことがある。それで世の中に役に立てばどんなにうれしいか。母さんはあんたのことが大好きだよ」

つまり「ナンバーワン」でなくてもいい、自分にしかできない、個性豊かな「オンリーワン」であればいいのだ、と温かく言い続けてくれたのである。

母の言葉が、どれほど人生において支えや励みになったか分からない。

いつも明るい笑顔で接してくれる母の姿。

わたしたち子供がどれほど安心感を覚え、救われたことだろうか。

父も同様だ。

ただし、母と役割は違う。

「恥ずかしいことや卑怯なこと、弱い者いじめをしてはいけない」

「この家（小積）に生まれたことを誇りに感じて生きなさい」

「男としての責任を持て」

長男として、人間としての生き方を教えてくれたのが父だ。

お金のことや、勉強のことで叱られたりしたことは一度もない。

祖母もそう。

「うちの孫たち（わたしたちのこと）は家のためによくやってくれている」といつも感謝の心をもってわたしたちを褒めてくれた。

生活はいつも苦しかったけど、そんな家族に囲まれて安らぎを感じ、本当に幸せだったと思う。

家族のことが大好きだった。


学校の先生の方針も、今のような知識一辺倒の、成績至上主義、能力主義の画一的な教育ではなかったと思う。

たとえ、高学歴でなくとも、学校の成績がパっとしなくても「存在」を否定するようなことは絶対にしなかった。

たとえ一教科であっても、「キミはここを活《い》かせばいい」とその子が秀でた分野を伸ばす、褒める、といった教育をやっていた。

一流大学や一流企業に入らなくても構わないのだ。優秀な子は大学に進学すればいいし、ものづくりが好きならば職人になればいい。商人の道もあれば、生産者として農業や漁業に生業《なりわい》を求めるのもいい。

人生にはいろんな生き方がある、それぞれの道でいきいきと輝けばいい。

そう先生は教えてくれた。

授業でも知識一辺倒の詰め込み教育はしなかった。

子供にとって何よりも大切な「感性」を育むこと。それを重んじる教育を施《ほどこ》してくれた気がするのだ。だから皆先生を敬《うやま》っていた。

☆瀬戸内海にクジラが

小学生時代のこんな思い出がある。

故郷の忠海町（現・広島県竹原市）の小学校は、目の前に瀬戸内の美しい海が広がっている。

あるとき、その海に、大きなスナメリクジラの大群がやってきた。

瀬戸内の海にはクジラがたくさん生息しているが、ほとんどの児童は図鑑でしか見たことがない。沿岸のすぐ近くまでやってくることは珍しいからだ。

すると突然、校長先生の声が校内放送で流れた。

「全校生徒！　今すぐ海岸に集合せよ！」

当然、やっていた授業は中止である。

みんなの目の前でスナメリクジラの大群が、頭からシューッと大きな潮を吹きながら、イカナゴの大群を追い、空にはカモメが乱舞し、その息づかいに、小学生のみんながどれだけ感動したことか。

六十年以上たった今でもよく覚えている。

温暖な瀬戸内には珍しく雪が積もったときもそうだった。

またもや、授業中に校長先生の号令一下…校庭では、たちまち雪合戦に雪だるま作りが始まる。

「…そんなことしたら授業日数が足らなくなりますよ」

「…スナメリクジラ鑑賞や雪合戦は文科省の学習指導要領に沿いません」

そんな野暮なことを口にしたり、校長の方針に不満を漏らす先生など当時は、どこにもいなかった。

こうした、目で見て、耳や体で感じた体験がいかに大事なことか。「感性」というのはインターネットのバーチャル（仮想空間）体験をいくら積んでも磨かれることはない。

実際にクジラを目の辺《まあた》りにしなければ、その大きさも、迫力も、臭いも潮吹きの豪快な音も分からないだろう。

雪に触れなければ、その冷たさも、結晶の美しさも、溶けてゆくときの、何ともいえないもの悲しさも理解できない。

ハイハイを始めた赤ちゃんが動き回って頭をぶつけたり、転げ落ちたりすることや、子供が熱いストーブに触って、アチチとやけどをすることもある。

そのときに身をもって体験した「痛み」「驚き」は決して忘れない。

体に刻み込まれているからだ。

だから、「危険察知能力」が身について失敗は二度としない。「環境に適応」する力が細胞レベルで認識できるからであろう。

これは言葉では伝わらない。

それが「感性」であり五感を育む。

そんな経験もせずに大人になってしまった子供にどうして命の輝きが理解できるだろうか、自然の摂理が分かるというのだろうか。

現在の都会の生活では、人は病院で生まれ、病院で死んでゆく。

だから、人の死という尊厳とはかなさが理解できないのだろう。

ネットのバーチャル空間では、どんなものでも簡単に再現、再生できる。

人を銃で撃ち殺しても、都市に爆弾を落としてメチャクチャに破壊しても、たちまち元通りにできる。

死んだ人間を生き返らせることも簡単にできてしまう。


だから、「命の大切さ」が分からない。「他人の痛みや心」が理解できない。

いとも簡単に、他人の心や体を傷つけてしまうのだ。

「感性なくして想像力なし」と言われるが、まさにその通りだ。

他人の心の痛みは目では見えない。

だが、「こんなことをやったり、言われたら嫌だろうな」と自分のことのように感じることができるのが感性であり、思いやることができるのが想像力である。

たとえば、ネット上に酷《ひど》い悪口を書き込む↓書き込まれた人の心がズタズタに傷ついてしまう↓耐えきれず自ら命を断ってしまうかもしれない…。

感性が乏しい人間とは心貧しいことであり、こんな当たり前の想像力も直感力も沸いてこない。他人の命を奪ったり、傷つけたりした場合、被害者や自分の家族がどんなに悲しむか、理解できないのだ。

これほど大事な感性を子供のときに身につけないまま育てば、どんな大人になってしまうのだろうか？

簡単に想像はつく。

それが現代社会の病理となって吹き出し、日々、新聞の三面記事を賑わしている。

ところが、現代の経済最優先の社会、知識、能力重視一辺倒の教育システムは、大事な感性を逆に摩耗《まもう》させることばかりやっている気がしてならない。

子供のころは、陽が暮れるまで野や山、海、川で思いっきり遊んだ。

小動物や昆虫を捕まえたり、草花を摘んだりしたことで「命」が分かる。

大自然の中では、何が危険なのか？　どこへ行ってはいけないのか？　危ない目に遭ったらどう対処すればいいのか？

そんな危機管理能力も自らが体験を積み重ねた結果、身に付くのだ。

子どもの成長というものは、自然のリズムと速度と摂理がある。

それが、個の尊厳であり、それを決して傷つけてはならない。

☆「遊び」のなかで感性は育つ

かつては年の違う、いろんな子供が自然に集まって遊んでいた。

異年齢の少年の集団の中でもまれることで子供世界の「礼儀」や「決まり事」「役割」を自然に覚えていった。

子供のときは「遊び」のなかで感性が育つ。子供社会の「オキテ」「約束事」を知り、決してやってはいけない守るべき〝子供憲法〟を学ぶのである。

「弱い者いじめはしてはいけない」

「ケンカをしても、相手が泣いた（負けを認めた）らそれ以上はナシ！」

これが大事な〝決まり事〟なのである。それを知らない一部の現代の子供たちは、限度を知らず、相手が死ぬまでやってしまう。

子供たちは「遊び」の中でも、お互いを尊重し合っていた。

「あの子は勉強がよくできる」

「あいつは木登りが得意だ」

「○○君は駆けっこが一番！」

みなそれぞれに個性があるのだ。得意分野が必ずある。

それを互いに認め合っていた。

まさしく、「個の確立」がそこででき上がっていったのである。


個性は、子供同士の「遊び」の中から伸ばし合うし、高め合うことができた。

勉強ができようが、できまいがおかまいなし。良いところを認め合う素晴らしさに「大人の介入」は不要である。


異年齢の子供の集団には必ず「ボス」がいる。どのボスの仲間でいると安全なのか？　わが身を守ってくれるか？

集団で揉《も》まれることでそれを感じる直感力が自然と備わってゆく。

集団の中では、ケンカすることもあるし、敵対したり、ときには理不尽にいじめられることだってあるだろう。

そんな苦境に陥ったときの「対処法」というのは、何度も経験を積み、肌で感じて自分で学んでゆくしかない。

ネットでは教えてくれないのだ。

集団の中で、人付き合いの仕方、コミュニケーション能力が磨かれ、自然に自分の役割や立ち位置を知る。

社会性というものは、子供社会で体感しながら身につけてゆくものだった。

子供社会での経験は、そのまま大人社会に反映されてゆく。


それに比べて現代の子供たちは、かわいそうではないか。自然がそこにありながら、切り離されていく。

繰り返しになるが、学校の成績を「偏差値」で決められ、いい大学へ入り、いい就職先を見つけることだけが大事だ、人生だと教え込まれる。

外で遊ぼうにも、都会では自然環境がどんどん失われている。

ちょっと冒険をしたくなっても、ママから「そんなことしたら危ないわよ、ダメ！」と止められしまう。

結局、家の中でスマホにゲーム、パソコン、ネットばかり…。心から自然が失われるのも無理はない。


コミュニケーション能力も育たない。

現代社会では他の人と会話をせずとも、日々の暮らしに困らないからだ。

最近はネットショッピングで手に入らないものはほとんどないと、いってもいいだろう。

スーパーやコンビニにすら出掛けなくとも、パソコンやスマホさえあれば、ほしいものを好きなだけ手に入れられるのだ。

今の子供たちは心が弱く、折れやすい。〝打たれ弱い〟のだ。

大人から怒鳴られた経験があまりない。

ちょっとした挫折から立ち上がれなくなってしまうことが多い。

だから、社会人になってもせっかく入った会社を簡単に辞めてしまう。これが現実である。

親の過保護がそれに拍車をかけている。

「悪いのはぜんぶ他人様のせい」

「うちの子はいい子ですから」

親がそういうから、例えば、いじめを受けても親や教師に言えない。言えないようにしてしまっている。

仕返しが怖い。全く何をするか分らないからだ。

自分で抱え込んだ末に、逃げ場を失って自ら命を断つしかないところまで追い込まれてしまうのだ。

異年齢の集団の中で体験を積み重ねてきた子供たちは本来、いじめられたときの対処の仕方を知っていた。

そして、相手が死ぬまでいじめるようなことは決してしなかった。

感性があり、想像力があるからである。

心が弱い子供は感性が磨かれず、想像力にも乏しいのは、まさしく今日的な時代悪である。モノやお金、情報があふれた社会で「過保護」に守られている錯覚に陥っているからだ。

だから、いったん「防御の殻」を破られると弱い。

たちまち、パニックを起こして、自ら命を絶ったり、相手を殺してしまう。


時代は変わっても友達はほしい。

ひとりでいるところを見られたり、教室で孤立していたら、「キモイやつ」と陰でいわれてしまうかもしれない。

けれども、自分の心の中にまでズカズカと土足で踏み込まれたくはない。

「そんなヤツはお断りだ」

だけど、感性が鈍《にぶ》く、想像力が乏しい若者の中には平気で人を傷つけるようなことをする者も多い。

だからこう思う。

「それなら、友達と〝つながる〟のはネット上だけでいい」

「イヤになったら、ネットワークを遮断してしまえば済む。それでサヨナラだ…」

ネットやゲームで、いつもバーチャルな空間を漂っているから、突然、現実空間の危機的な状況に放り出されると、対処法が分からない。

今の子供たちは、少子化が進み、「過保護」に育てられる傾向にある。そして、物心がつくころから個室生活をしていることが多いようだ。

食事や入浴、トイレ以外は自分の部屋に籠もりっきり。

家族とすらほとんど会話はない。


こんなことを幼い時から繰り返していれば、コミュニケーション能力も育まれようがないのだ。

だから、若者の多くは見知らぬ人間と話すことはもちろん、体が接触することにも抵抗がある。

さらに、電車の中では、空いている「優先座席」に坐りたい。

目の前に、杖をついて必死で立っているお年寄りがいても、赤ん坊を胸に抱き、両手に重い荷物を提げているお母さんがいても、お構いなし。

「つらいだろう」

「しんどいだろう」

そのような感情も想像力も湧かないから、「申し訳ない」という気持ちすらない。

だから、注意をうけると、訳が分からず腹が立ち、いきなりキレてしまう。

もちろん、このような若者ばかりではないことは、多くの心ある若者の名誉にかけて言っておきたい。

もっと驚くことがある。

トイレだ。

現代の成人男性の中には、他人に見られなくて済む洋式便所の個室が、一番安らぐという人もいる。

だから、小用でも個室を使う。

個室の中で、パンやスナック菓子を頬張《ほおば》る若者もいるというから、びっくりしてしまう。トイレの中は誰にも気兼ねする必要がない彼らの〝プライベート空間〟になっているのだ。

彼らは、あいさつも世間話もできない。

会話というのは、言葉のキャッチボールだ。

相手の返事や顔の表情を見ながら、言葉を返してゆく。

こんな〝高等技術〟はネット相手では教えてもらえない。

なぜなら、ネット上では相手の顔が見えないから。

匿名で何でも言える（書き込みができる）

そこで、酷い悪罵《あくば》をぶつけても、相手がどんなに傷ついているのか、突然、マグマのように怒りを爆発させるか、分からない。

だから、時には想像もつかないような凶悪な事件が起きてしまう。

こんな社会をつくってしまったのは「大人の責任」である。

そのことに気付いてほしい。


「命」というものは本来、生きているだけで尊いものなのである。

経済最優先の現代社会は、それを見失い、「金銭の価値観」から外れた人間を簡単に疎外してしまう。


「豊かな社会」が生み出したものは「心が貧しい」世の中である。

皮肉というしかない。と言うより悲しい世の中である。


人間らしく、命が輝く暮らし、「世の中のみなが幸せをかみしめることができる」社会へと戻さねばならないと、世界中の人が願っている。

☆カンボジアに村を作った日本人の話

二年前、「みんなでみらいを」の代表をされている阪口竜也氏にご縁を頂き、「カンボジアに村を作った日本人」として著名な森本喜久男氏に出会うこととなった。

その村には現在百五十人あまりが暮らしている。

「伝統の森」と呼ばれ、海外から多くの人々が訪れいてる。

その村には、現代文明とよばれるものは見当たらない。

電気も水道もなく。雨水を貯め、井戸を活用している。

唯一、発電のための発動機が夕方五時から、十時まで稼働することで、何とか村の電気を賄っている。

物質的には、とても豊かだと思えないその村の子供たちは底抜けに明るく、目がキラキラと輝いている。

先進技術を持ち、豊かな暮らしを謳歌し、モノや情報にあふれた日本の若者たちよりもよほど人間らしく思える。

その村にはテレビもラジオもない。つまり外の「情報」がない。

夜が明けると起きて、それぞれ能動的に、主体的にやるべき仕事をする。

牛飼いをしたり、桑の木を植えたり、モリンガを植えたり、蚕《かいこ》を育て手で絹糸を撚《よ》ったり、「アンコールワット」時代から続く「クメール王朝」文化を現代に蘇らせ、絹絣《きぬがすり》の織物文化を、親から子に、子から親にと継承する村…それぞれが共同作業しながら、お互いを支え合って、村を形成している。

彼らを見ていると、人間にとっての尊厳は、仕事であることが良く分る。

生きていくのに必要なものを、必要なだけ自分たちで作ったり、魚や動物を獲ったりして、生活している。

この「伝統の村」で、経済産業省の支援事業「森の智慧プロジェクト」に、コズミック技術がお役に立っていることを、誇りに思う。

都会人にはちょっとグロテスクに思えるカブトムシの幼虫も彼らには大事なタンパク源だ。子供たちは森へ入り、キャーキャー言いながら頭や足をちぎってパクっとかぶりつく。彼らが何百年も続けてきた食文化なのだ。

彼らにとっては生命を左右するもの、大自然の「恵み」「循環」がなくなれば生きていけない。子供たちもそれが大事な「生命のやりとり」だと肌で感じて知っているのだ。

それこそが「感性」である。

電気がなく、陽が暮れるとまっ暗だからもう寝るしかない。

村人は都会人に比べて、お金も家電製品も持っていないが、そのことで不便や不幸を感じる人はいない。たとえ、お金があったとしても村では買う物がないし必要もないのだ。

洪水のようなモノと情報があふれている都市の生活とはまるで違う。

シンプル極わりない生活。

カンボジアの「伝統の村」で経済産業省の支援事業
「森の叡智プロジェクト」にコズミック技術を導入。

そんな彼らを見ていると、モノがないことの方がよほど、人間らしい「豊かな暮らし」に思えてくる。

考えてみれば、人類が地球上に誕生して以来、何万年もそうやってシンプルに暮らしてきたのである。

今や、経済最優先のために、世界中の国で必要以上の大量の商品、食料を生産し、消費し、余ったものをゴミ（廃棄物）として大量に捨てている。

つまり、大自然が本来持っている「循環」がなくなり、経済至上主義の下、「廃棄」「腐敗」のままに任せてしまっている社会だ。

それが、莫大な負荷《ふか》となって、地球環境を破壊しているのに、お金のために、経済至上主義に陥り、ストップをかけることができない。何故だろうか、本当の命の躍動を知らないからだ。

そんな自然の摂理に反する非人間的な営みが始まったのは、地球生物、悠久の歴史から見ればほんの最近のことなのである。

そんな大自然の摂理に今の子供たちは、触れる機会さえ奪われている。

人間成長の大切な摂理を知らない、過保護な親たちは、「冒険」と「危険」の違いが分からないのだろう。

先回りして、子供たちに〝やんちゃ〟なことや、冒険をさせないという。

子供にとって自然ほどいろんなものを教えてくれる「教師」はいない。

大自然の営みによる「生命の輝き」も、大自然が猛威を奮ったときの「危険察知、危険回避能力」も育たない。

ネット空間を飛び回ったり、オンラインゲームのテクニックには長《た》けていても、自分で火をおこしたり、鉛筆を削ることなんて、夢のまた夢だ。

今の子供たちの自然に対する防御能力は低いといえよう。


彼らは、野山を駆け回る経験が決定的に乏しいどころか、自然の太陽光を浴びることさえも少ない。

電気の光に照らされた部屋の中で、ゲームやネットに時間を費やしている。

海で泳いでいる魚の姿も、牛や豚の形も分からない子もいるようだ。

知っているのは、スーパーの売り場に並んでいる切り身や精肉だ。

だから、五感が育たない、感性が育まれないから、命の尊さも分からない。

コンクリートジャングルの都市生活では自然の土を踏む機会もない。

ガスコンロの火や、ストーブのわずかな火しか見たこともない。

そんな子供がたくさんいる。

心が折れやすい現代の日本の子供たちは一度、カンボジアの村で共同生活をしてみたらどうだろう。

最低限、自分の身は自分で守る、ということぐらいは覚えるに違いない。

子供たちだけではない。ネットやスマホは現代人にとって不可欠なツール（道具）になってしまった。

電車の中、友達と会って、仕事をしながら、歩きながらも、片時もそのツールを離すことができない。

まるで「生命維持装置」である。

バーチャル（仮想現実）の空間では不特定多数の他人と簡単につながってしまう。

顔が見えない相手に、どんな悪口を書き込もうが、心を傷つけようが、お構いなし。自分の心は痛まないと勘違いしている。

☆性行為は遊びではない

たとえば性行為の問題だ。

ネットでの出会い系サイトの氾濫、簡単に援助交際という売春に走ってしまう女子高生や中学生…。

「お金になるから」

「そのときが楽しければいい」

まだ女子中学生、女子高生なのに性行為に溺《おぼ》れる子供たちがいる。

昔に比べて、性体験の低年齢化、無節操な交際は酷くなるばかりだ。

軽々しく、お金のために性行為をして、病気になったり、妊娠してしまったり。

何よりも自分の尊厳を自分で踏みにじっているというのに、想像力が働かない。

性行為は遊びではない。

愛と命の根源的であり、シンボルだ。

結婚をし、夫婦になるということはそんな遊びの共同生活ではない。

親類の人たちや知人、周りの人たちから、社会や国家から祝福を受けて結ばれ、家庭という社会生活を形成する。

大げさでも何でもなく、人類継承のために新しい生命を育み、教育するという重大な義務と責任が夫婦にはあるのだ。

「今の生き方が未来につながっていくのだよ。あなたが母親になったときにどう思うだろうか」

そう伝えたいのだ。

そんな子供を、自分の性欲の為に、カネの為に利用している「もっとも悪い連中」がいる。どうか、こんな「連中」の術中にはまらないでほしい。

思えば、彼女たちもまた、「救い」を求めているのかもしれない。

親が離婚したり、虐待を受けていたり、学業がダメで『居場所』がない。

その寂しさのあまり、性行為やカネに逃げ場を求めてしまう。

「誰もわたしに注目をしてくれないから」

「性行為をしているときだけが生きている実感があるから」

そんな悲しい子供たちを、大人社会が作り出しているのだ。

「もっと、自分で自分のことを大切にしないといけないよ」

「自分以上にだれもあなたを愛してはくれないのだよ。尊《たっと》んで、愛して、信頼しないと、かわいそうだよ」

と、言いたい。

そして、自分で自分の良心に問いかけてほしい。

「このままでいいのか？」と

それしかない。

こんな怖い、こんな惨めな社会や人生であっていいのだろうか。

こんな情けない国や世の中を作るために、大人たちは戦後、死にものぐるいで働いてきたのではない。

どうしてそのことに気付かないのだ。

行動を起こして、変えようとする人は誰もいないのか。何とかしなくては。

残念なことに「家庭」や「地域」でも同様のことが起きている。

社会の連帯や共有の場が決定的になくなってしまった。

昔は、親が未熟で教えられない時は、地域の大人が教えていたのだ。


「子供は皆の宝」だった。

親に叱られた子供を隣のおばちゃんがなだめてくれる。

親じゃなくても悪いことをしたら、だれかが叱っていた。

夜中の一時、二時までぶらついている子供を、地域の大人が見て見ぬふりをするようなことは決してなかった。

それで子供は育まれ救われていた。

地域で子供を見守る、というのはそういうことだった。

現代社会の中で苦しんでいるのは、子供たちだけではない。大人やお年寄りも「孤独」「疎外感」にさいなまれている。前にも書いたが、わが国の自殺者は年間約三万人という。子供たちが、中高年が自ら命を断ってしまう。

「死ぬよりつらいことがあったのか…」

「生きているだけで尊いのに…」

戦後、経済至上主義で走り続けてきた日本はモノやお金では「豊か」になったかもしれないが、「心は貧しく」なるばかりだ。

わたしの店で万引をした、おじいちゃんやおばあちゃんは、ほとんどが独り暮らしだった。『居場所』を求めて、「存在」を認めてほしい、とつい万引をしてしまう。いい、悪いじゃない。ただ誰かに相手にしてほしいのだ。

ＳＯＳのサインなのだ。

相手が大人の場合であっても、警察には通報しない。

代わりにこう語りかける。

「自分の心を汚したら悲しいではないですか」

「過去の積み重ねが今になって現れているのですよ。そして、今を『どう生き』『どう全うする』かではないでしょうか。

こんな終わり方をしたら恥ずかしくないですか。自分の良心、魂に対してですよ」

また、万引の常習者とも言える、結婚前の若い女性がいた。

事務所に呼んで、懇々と話をし、帰しても帰しても万引を繰り返す。

しかも金額が大きい。

一度に四千、五千円もの商品をレジを通さずにもって出てしまう。

これは厳しく言わねばいけないかな…と。

そう感じ、女性に「お母さんを呼びなさい」と言ってみた。

すると、とたんに「それだけは勘弁してください。二度としませんから、お母さんにだけは絶対に言わないで…」と泣きじゃくった。

その言葉を〝もう一度だけ〟信じたいと思った。

「あなたも、いずれ結婚して、子供を産み、親になる。あなたに、立派なお母さんになってほしい。

そのためにも自分をしっかりと見据えて立ち直ってほしい。そうでないと、これから生まれてくる子供がかわいそうでしょう」

移動スーパーの前で、妻、弟夫婦らと（1972年頃）

店に姿を見せなくなったころ女性は、万引をしなくなり、結婚したと後に聞いた。


どんな子供にとっても「母」は特別な存在である。

やさしく抱かれたいのだ。

理屈じゃない。法律でもない。

ひとりそう思う。


道徳教育も「言葉」だけでは伝わらない。

それを実際に支えてきた「家庭」も、「学校」も、「地域社会」もどんどん支える力を失い、ダメになっている。

大人がダメだから、子供もダメになる。

核家族化が進み、「祖父母の智恵」が子や孫に伝わらない。

日本人がずっと大切にしてきた「家族の絆」が断ち切られているのだ。

親が子を殺し、子供が親を殺してしまう恐ろしい時代。

「自分さえよければいい」

「成功しておカネさえあれば何でもできる」

「それの何が悪いのだ」

そんな悪魔のような言葉が子供の心に巣くっている。誰がそのようにしたのだ。

それでいいのか？


物質文明はますます進む。

地球環境の破壊が止まらない。

比例するように人の「心」は、どんどん貧しくなってゆく。

問題は山のようにどんどん積み重なってゆくばかりだ。


あどけない顔をした〝万引の少女〟。

手のつけられないワルから〝赤ん坊の顔〟に戻ったM君。

〝三歳児のまま〟の親たち。

スマホに夢中で、お母さんを求めている赤ん坊に気付かない母親…。

みんな〝根っこ〟は同じである。


どうして子供だけを責められよう。

昔はこんな悲しい子供たちは少なかった。

素直で、自然で、やんちゃで、闊達《かったつ》で、明るく伸び伸びとしていた。それが、本来の子供の姿なのだ。
どうしてこのように善悪の元になる大切な「感性」まで崩れてしまったのか。
われわれは大切なものをどこかへ置き忘れてしまった気がしてならない。
正義感も自尊心も自己統御《とうぎょ》も、健全な感性なくしてはあり得ないのだ。
それなのに、大人たちは大切なものが「何か」すら見えなくなっている。
「自分で自分の良心に気付いてほしい」
そう願うだけだ。

健全な自由こそが〝子供の宝物〟なのである。
経済至上主義が大きなストレスになって、子供たちを傷つけ、追い詰めてゆく。
だが、たったひとつの「真実」がある。
ここに存在している、『生きている』という『真実』である。
たったひとりではどんな人間も生きてはいけない。
人生でのさまざまな出会いと別れが「本当の自己」を映し出していく。
人生で培った感性がそのまま想像力として発露《はつろ》する。
それは人間だけに与えられた「宝物」なのである。

近年、子供たちを取り巻く社会環境はますます大きく変化している。

「悪い方」に、だ。

キラキラと輝く、子供たちの心の芽を摘み取っているのは誰なのか?

お金では決して買うことができない、詰め込みの知識だけでは、決して手にすることができない「心の豊かさ」を奪っているのは誰なのか?

何よりも大切な感性を育む環境を子供たちから奪い去ったのは誰なのか?

モノ、カネ、情報…物質的な豊かさだけをひたすら追い続けた現代社会。

経済的な繁栄の代償として、多くの子供たちが翻弄《ほんろう》され、進むべき道を見失っている。

未来へ向かって生きる希望をなくし、感性までも傷つけられているのだ。

「もはや、行き着くところまでいかないとダメかもしれないな」

そう思うことがある。

あまりの酷い状況に、諦めかけている自分自身に愕然《がくぜん》とすることさえある…。


でも、「それではいけないのだ」

「解決方法はどこにあるのか」

気を取り直し考え抜く。

結論はやはり、自分の中にある「尊い存在・良心」に一人ひとりが問いかける。

「本当にこのままでいいのか?」と。
そして「気付き」を得る。
行動を起こす。

そして、気づいた人たちが「共有共感」していく。そういう地域社会を作るしかない。
それには、「一人ひとり」の自覚がいる。
そうすれば世の中は変わる。
情熱をもって一歩前に踏みだし、行動してゆく力を持つ。
それを若い人も共有する。
地域社会、良心の連帯。システム化、共有化…。
まずは、崩壊してしまった「家庭」、「地域」の立て直しから始めよう。

第三章　母の愛は「宇宙的な愛」

☆裕福だったわが家が、一転、三千万円の借金生活へ

わたしたちは一九四二（昭和十七）年十二月八日、瀬戸内海に面した、広島県竹原市忠海《ただのうみ》町に双子の兄として生まれた。

父の名は唯一《ただいち》。

母はフジヨという。

今から七十年以上も前、日本が真珠湾攻撃を仕掛け、英米相手の太平洋戦争が始まった日から、ちょうど一年後のことである。

現在では、忠海町でも過疎化・少子化が進んでいるが、当時は戦時下にあって国策が「産《う》めよ増《ふ》やせよ」の時代であったから、わが家も兄弟が多かった。

上に早世した兄がひとり、そして年が十以上離れた姉が四人いた。

本来は、後に産まれた子を兄とすることが多いらしいが、父親が先に生まれたのが「兄」と決めてしまった。

弟は多分、複雑な思いだったろう。

兄は「忠生《ただお》」、弟は「君生《きみお》」と名付けられた。

戸籍上の長男（兄）が亡くなっているので、末っ子であるわたしが、この家の事実上の「長男」ということになったのである。


かつてのわが家は裕福だった。

忠海町は、平家の武将、「平忠盛」から一文（忠）を冠して「忠海《ただのうみ》」と命名され、「盛《さかり》」は、瀬戸内海に浮かぶ対岸の島「大三島」の一集落に「盛」と命名されたと伝えられている。

忠海から、ひと山越えた村落に平家の系譜を継ぐ、平家落人伝説につながる村が現在の広島県三原市「小泉町《こいずみ》」である。

代々、名字帯刀《みょうじたいとう》を許された庄屋の家系であるが、父の祖父は、分家し忠海町に住居をかまえた。

父親は長く警察官をしていたが、九州で成功していた伯父《おじ》に招かれて八幡（現・北九州市）へ行き、満州（同中国東北部）の南満洲鉄道（満鉄）にレールを納める商事会社を興した。

満州に向けた商売は順調で、「ひと財産」を築いた後、戦火が激しくなったために、生まれ

皆そろった小積家の家族（1960年頃）

故郷の忠海町へ戻ってきていた。

旅館のようにたくさんの部屋があった自宅には、四人の姉たちが弾くピアノが二台もあり、家事の手伝いや、赤子の世話をするお手伝いさんが三人もいたという。

高齢出産と、もともと体が弱かった母は母乳があまり出ず、代わって「つる」ばあさんと、お手伝いさんとで、赤子二人に飲ませるために、農家を尋ねては、ヤギの乳を手に入れ、そのおかげで育てられたらしい。

四人の姉はそれぞれ、同志社、樟蔭、音楽学校…と上級学校に進んだ。

「女に教育は必要がない」と言われた戦前の話である。

片田舎の小さな町にあった我が家だが、それほど裕福であり、両親が開明的な考えを持ち、子供の教育にも熱心だった。

ところが、敗戦と、それに続く戦後のGHQ（連合国軍最高司令官総司令部）による占領政策が、裕福だったわが家の状況を激変させてしまう。

GHQが矢継ぎ早に打ち出した農地改革や預金封鎖などによって、莫大だった家の動産・不動産も、またたく間に失われてしまったからだ。

そもそも、GHQの狙いは、地主ら資産家階級の解体にあったのである。わが家にとっては、なるべくしてたどった運命だと言えるかもしれない。

家に残されたのは、父が趣味で集めていた骨董品や美術品ぐらいしかない。それらを〝売り食い〟しながら、何とか食いつないでいたが、わが家にとって「さらなる不幸」が追い打ちをかけてきた。

父親が何人もの知人の保証人になり、その返済の肩代わりを求められたことで、借金が雪だるま式に膨《ふく》れあがり、家は破産状態に追い込まれたのである。

父は情に篤《あつ》く、困っている人がいたら黙って見過ごせないような人だった。

たとえば、こんなことがあった。

家族がその日、その日の食べるものに困り、やむにやまれず、姉たちが使っていたピアノ二台のうち、一台を売ったときのことである。

その日は、地元の祭りの日でにぎわっていたらしい。

どこかで開帳されていたばくちに負けたという男が「カネを貸してほしい」とわが家にころがりこんできた。

その男は「お金がなくては殺される、助けてほしい」と殊勝《しゅしょう》な顔をして、父親に泣きついてきたのだ。

どうやら男は、ピアノを売ったことをどこかで聞きつけ、お金が入ったことを知っていたようだ。

それを知ってか、知らずか父は、祖母らが必死で止めるのも聞かず、そのお金をそっくり男に渡してしまう。

祖母は、「お前はバカだ。ウチの家族の生活はどうするのか」と非難したが、父は毅然《きぜん》とこう答えたという。

「人の命より大事なものがあるか」

「その人や家族が困っているのを、わしは黙って見過ごすことはできん」

食べるにも困っている家族にすれば、人が良いにもほどがあるが、父の〝気前よさ〟はそれだけではない。

たくさんの人の「借金の保証人」になっては次から次へと踏み倒されてしまう。

しかも、知人や友人でもない、よく知らぬような人にまでカネを貸したり、保証人になってしまうのである。とにかく、頼まれたらイヤとは言えない性分《しょうぶん》なのだ。

そして、家族に対しては、「いったん貸したカネは、あげたものと思え、それがでないのなら最初から貸すな」と言い、ろくに返却すら求めなかった。

父親はいつも、堂々としていた。

自分の家族が困っているのに、他人にカネを貸したことを後悔したり、恥じ入るようなことはまったくなかった。

借金を返さない人たちを憎んだり、恨んだりすることもなかった。

そして、日々、食べるものにも事欠くような苦しい日々の生活に愚痴をこぼすようなこともなかったのである。

父親の態度は、いつも凛《りん》として背筋が伸びていたように思う。

母親もそんな父を立て、一切責めることがなかった。

立派なものである。


ただ、父がそんなことばかり続けていれば当然、家の生活は厳しくなる。

泥沼のような窮地へと、どんどん追い込まれていった。

家計は苦しくなる一方で、いつも〝火の車〟。わたしと弟は小学生のころから、少しでも家計の足しにと、新聞配達などのアルバイトに精を出さねばならなかった。

そうやって稼いだ少しばかりのお金を、竹筒を切ってつくった貯金箱に五十円をコツコツ貯めていったものである。

小、中、高校と、弟とは地元の公立学校へ通った。

お金がないから学校へ持って行くお弁当は麦飯。おかずは塩昆布だけ、麦飯の上には梅干しが一個乗っている。

そんな弁当の中身を友達に見られるのが恥ずかしくて、こっそり裏山に登って食べたことを懐かしく思い出す。

十代のころはそのような父を非難していたこともあった。

「家族を養ってから他人様のことをすればいいのに」と…。


小、中学校は義務教育だからいいが、高校へ行くのには授業料がいる。いくら公立で安いとはいえ、弟と二人分の高校の授業料を捻出するのは、当時は厳しかった。何とか自分たちでやりくりするしかない。小学生のころから続けているアルバイトで貯めたお金と奨学金をもらってやっと行けたのである。そして、近くに嫁いでいた姉たちの協力もあった。


二人とも地元の同じ高校（忠海高校）だったが、勉強がよくできた双子の弟は、進学コースの普通科へ、わたしは定員割れの園芸科だったことは、すでに書いた通りだ。

修学旅行にも行けなかった。理由はもちろん、「お金がない」からである。

夏休みや冬休みも、他の同級生たちのように遊んではいられない。せっせとアルバイトに励み、少しでも家計の足しになるよう懸命に働いた。

ただ、当時の厳しい生活を振り返ってみても、不思議につらいと思ったことはない。

それは、いつも笑顔で温かく接してくれる、「家族の存在」があったからだろう。

もちろん、借金を作った親をうらんだことが一度も無かったとは言わないが、家族のことが大好きだった。

両親も祖母も…。

☆家財道具を差し押さえられる

「つる」ばあさんと呼んでいた祖母についてはこんな思い出がある。

高校一年の夏休みのアルバイトにまつわる話だ。

このエピソードは、後の「商人としての人生」を決定づけた出来事でもあり、とりわけ印象深い。

故郷の忠海町に、ジャムなどを作っている「アヲハタ缶詰」という有名な企業の製造工場がある。

少しでも家計を助けたいと考えていたので、夏休みの一カ月間、その工場で懸命に働き、そこでもらったアルバイト料を封も切らずに、そっくり、つるばあさんに手渡した。

当然のことをしただけ、と思っていたのだが、祖母は涙を流して喜んだ。そして、アルバイト料が入った封筒を仏壇に供え、こう言ってくれたのである。

「孫が、せっかくの夏休みだというのに一生懸命にはたらいてくれた。孫が家の役に立ってくれた。この家に生まれてきてくれて、ほんとうにありがとう…」と。

そのときの祖母の姿と言葉、そして涙は、六十年近く過ぎた今もなお、くっきりと心に浮かぶ。

それほどうれしく、感動したからだ。

「人の役に立つということがどんなに大切なことなのか」

「ひとりの人間として必要とされ、認めてくれることがどれほど尊いのか」

「家族の一員であることの『誇りと生きがい』」を感じさせてくれた。

それを祖母が身をもって教えてくれたのだ。だから、つるばあさんの言葉には、感謝してもしきれない。

こうした言葉や体験が子供にとって大事な「感性」を育てるのだ。

繰り返しになるが、感性とは「五感」の事で、目に見えないものを心で、肌で感じる力のこと。

感性が育てば、想像力や直感力が養われる。他人の痛みやつらさも汲み取って行動することができるのだ。

この体験がその後の人生の、あるいは商《あきな》いを行う上での大きな支えとなる。

そして、確固たる指針となったのだ。


ただ、莫大な借金と複利で〝雪だるま式〟に膨れ上がる利息の前では、高校生のアルバイト料など焼け石の水だった。

二十歳を迎えたころ、わが家の借金はとうとう、三千万円もの巨額になってしまう。

昭和三十年代の話である。

今の価値にすれば、その五倍か、いや十倍になるかもしれない。

その間、すでに嫁いでいた十歳違いの姉も、実家を支えるために、婦人服などの商いを手がけ、生計を助けてくれていたのだが、二十三歳のときにはついに、借金のカタとして、わが家の家財道具が差し押さえをされる非常事態となった。


裁判所の執行官がやってきて、「差し押さえ」の紙を次々と貼っていくときの哀しい光景が忘れられない。

その姿を見ながら、「この家を守らねばならない」という責任感をひしひしと感じていた。

二十二歳でも「長男」である。

嫁いだ四人の姉が〝里帰り〟のとき帰ってくる実家が無くなったら、どれほど悲しいだろうか。

上の左は父唯一、右は祖母のつる
下は母フジ

だから、どんなに苦しくとも「夜逃げ」という選択肢は考えられなかった。

二十三歳のころ、双子の弟には、すでに嫁いできた妻がいた。

執行官は、弟の嫁（義妹）が持ってきた大事な〝嫁入り道具〟一式まで差し押さえの対象にしようとした。

「それだけはかんべんしてほしい」と懸命に訴えたのだが、聞いてはくれない。

不甲斐ない長男のせいで、嫁入り道具を守ってやれなかった。

今でも「本当に申し訳ないことをした」と思う。

☆父親のちゃぶだい返しの真相？

こんなわたしでも、ずっと家族は「長男」として立ててくれた。

昔ながらの「家系図によれば約四百年」つづく古い系譜があり、ご先祖さまを大事に敬《うやま》うことは自然と身についていた。

いただき物があれば、まず仏壇に供える。

朝夕にはお供えをして拝む。

家族の中では何をするにも「父親が一番」である。そして、おばあちゃんの順。ごはんに手をつけるのも、お風呂に入る順番もだ。

父親が座る場所も決まっている。

家に居ないときは陰膳《かげぜん》を据《す》えた。


母親は、常に父親を立て、支えた。

夫婦げんかなんて見たこともない。

祖母のつるばあさんも同じである。

「男子、厨房に入るべからず」という考え方も家の女性たちは徹底していた。

「そんなことを父にさせたら女の恥だ。

男の仕事は外で働いて一生懸命に家を支えること。

だから女性は子どもを育て、炊事や洗濯など、家の中の仕事で支えるのだ」

これが祖母や母の口癖。

実際に言葉だけでなく、行動でそれをやり抜いた。

わたしたち子供は、常にこうしたしきたりを見ていた。それが〝もの言わぬ道徳教育〟になっていた気がする。


今の人たちからすれば、「何を時代錯誤なことを言っているのか」と笑われるかもしれない。

もちろん今とは時代が違う。

だが、たとえ時代が変わっても「変わらないもの」「変えてはならないもの」があってもいいのではないだろうか。

「家の中では男を立てる」というのは日本人が歴史の中で長く大事にしてきた伝統文化であろう。

女性がそうしてくれるから男は外で思いっきり仕事が出来る。

男が、そうやって家計を支えるから妻や家族から尊敬されるのではないか。

そんな家があり、家族が待っていると思うから男は家に帰るのがうれしくなる。


現代では、母親が父親の悪口を平気で子供に言っていることもあるようだ。

「(出世もできず、給料も安い)お父さんのようになってはいけません」

「ああなりたくなかったら、今から一生懸命勉強するのよ」

こんなことを言われた子供が父親にどんな感情を抱くだろうか。

簡単に想像がつく。

時代が変わっても、家庭の姿が変わっても、お父さん、お母さんの「役割」や「立ち位置」はちゃんとあっていい。

それがないから、今の家庭がおかしくなってきているのではないかと思う。

男として「あるべき姿」を父親が教えてくれたと思う。

たとえば…。

「卑怯な振る舞いや、弱いものいじめをするな。ウソをつくな」

「この家に生まれた誇りを持て」

「後ろ指をさされるような生き方をしてはならない」

そして、「男としての責任を取れ」と…。

元警察官だから、日頃から厳しい父親だったことはいうまでもない。

見たことがなかったが、もっと昔にはちゃぶ台を、いきなりひっくり返したこともあったらしい。

あの父が理由もなくそのようなことをするはずがないので、よほど目に余る事があったに違いないと信じている。

決して理不尽に怒ったり、感情をぶつける人ではない。たとえ勉強ができなくとも「長男」として大事に育ててくれたことはすでに書いた通りである。大きな影響を与えてくれた。

父親に感謝して止まないし、人間としても、男としても尊敬している。と、今も胸を張って言えるのだ。父のように生きたいと。

あの「ちゃぶ台」返しの原因だけは今もってミステリーのままであるが、わたしもいつか父の心情の分かる時が来るのを願っている。

一方で母は、いつも優しい笑顔を絶やさず、家族を心から温かく包んでくれた。厳父《げんぷ》に対する慈母《じぼ》と言うべきか。

勉強ができた弟に比べて、成績がぱっとしないわたしだが、母からも、そのことで一度も小言をいわれたことがない。

いつも、そっと寄り添うようにして、優しくこう話してくれるのだ。

「お母さんは忠生《ただお》が大好きだよ。優しくてイイ子だよ」

「新聞配達やアルバイトをして、家のことをよくしてくれている」

「偉くも立派にも、ならなくていいよ！」

「忠生にしかできないことがある。それで世の中のお役に立つことをしてくれれば、お母さんはどんなに嬉しいことか…」

子供にとって、これほど生きる勇気や希望を与えてくれる言葉はないだろう。

こうした母の言葉や態度は、まさに地球をも越えた、「宇宙的な愛」というべき存在だった。

たとえ、他の誰かにどんなに非難されても、自分の信じる道を行き、言いたいことを言えばいい。

友人と自宅前の内堀のそばで（1958年頃）

なぜならば、母だけはわたしを信じ、大きな心の支えになってくれたからである。

これも、人間にとって大事な「魂」のひとつなのであろう。

優しく包み込む母の「宇宙的な愛」が、他人の痛みや、つらさを感じ取ることができる心を育《はぐ》んでくれたのだ。

能力主義、偏差値至上主義の今の世の中で親は、子供をいい学校に行かせ、いい就職先を見つけてほしい、と願う。それはその子供にとって本当に幸せなことなのか、大きな疑問が残る。

もちろんそれも「親心」には違いない。

だが、親が子供の人生のコースを決め、「枠《わく》」にはめたがることで、苦しみ、つらい思いをする子供もいるのだ。

子供は「親の期待」に応えようと、必死で努力を続ける。

ところが、それが「限界」に達したとき、あるいは親から「存在を否定」された、と感じたとき、子供の心に埋めようのない大きな穴を開けてしまい、割り切れない気持ちは〝負のエネルギー〟となって爆発してしまう。

それが、暴力や非行へと向かってしまうのだ。

エネルギーが内に籠もる子供たちは心を閉じ、引き籠もり、社会問題化している。

子供がどういう才能を発揮できるか、どんなジャンルが向いているのか？

それは、親にも分からないのである。

ただ、自己満足のために「生きている」のか「命の尊厳を知って生きるのか」では、その人生は大きく結果は異なって行く。

そして子供を信じるということほど尊いことはないのだと、親は知るべきであろう。

現代社会が「競争と対決」ばかりの時代だから、その本質が見えないでいる。

親も先生も社会も大切な心が見えなくなっているのだ。

「生きている尊さを知って生きる」とは、命の尊さを、みんなと共に大事に育みあうという生き方のこと。

「より良い社会をみんなで育むし、それは、それぞれの命を「いたわり、愛し、感謝し合える社会の中で」初めてできることなのだ。

今のような時代だからこそ、そうした「感性」を備え、育むことが大事なのだと重ねて思う。

「勉強しなさい」と、親が無理やり強いる必要などどこにもないのだ。

「感性」さえ身につけば、子供は自然に勉強に身を入れる。

自分から「学び」を求めてゆくものなのだ。

演芸大会で（19 歳）

本当に自分を大切にするということは、努力も忍耐も協調性も、もっと言えば、人も物も時間も、大切にすることだと知ることである。

☆移動スーパーがわたしの青春だった

破産状態になり、窮地に追い込まれたわたし達は、三千万円の借金を返すために、自分で商売を始めることにした。

二十二歳のときである。

当時、勉強ができた弟は、大阪へ出て、大手生命保険会社に就職していた。

わたしは長男として、家計が苦しい実家を守るため、外へ出て行くわけにはいかなかった。

剣道を熱心に続けていたので警察や市役所からも誘われたが、結局、地元の企業（三井金属）にいったんは就職する。

だが、民間のサラリーマンや公務員のわずかな給料では、巨額の借金は、とてもじゃないが返せそうにないと思った。

そこで、母の里から資金五万円を借り、中古バスを買い込み、新たに「移動スーパー」を始めることにしたのである。

「二代目の」移動スーパーのバス（1970 年代）

大阪にいた弟も帰郷し、兄弟一緒に新しい商売を始めることになった。

片田舎の小さな町なので、山間部や農村には生鮮食料品や日用品などを扱う店はほとんどない。

そういった地域を回って注文を取り、必要な物を必要なだけ、戸口まで届ける。

つまり、現在、生協などが行っている宅配サービスの個人版だ。

そういえば聞こえはいいが、要は「行商」である。


一日ごとに四コース。

二十～三十軒の集落のお得意先を回る。

それぞれのコースは片道五十キロ（往復百キロ）ぐらいだったろうか。

狭くて整備されていない山道を、オンボロバスを運転しながら、お得意さんを順番に回ってゆくから時間がかかる。

毎朝四時に起きて市場に買い出しに行き、家へ帰るのは夜の八時、九時。次の日の準備をしていたら、寝るのは十二時を過ぎた。

休みは盆と正月だけだった。

とにかく、商売のやり方なんてまるで知らない若造が、一から手探りで行商を始めたのである。

当然、最初は分からないことや失敗をすることばかり…。

特にきつかったのは「資金繰り」だ。

仕入れた商品をその日の内に売って（届けて）日銭を稼ぎながら、四十五日後には仕入れた商品の支払日がやってくる。

売り上げが少なかったり、仕入れた商品がちゃんとさばけないと、その支払いができない。たちまち破産である。

まさしく、「自転車操業」の綱渡りの日々だった。

この「移動スーパー」の仕事を十五年間続けた。

特に、趣味らしい趣味もない。酒は体質に合わないから飲まないが、たばこは五十歳までよく吸った。そして、根っからのギャンブルは嫌いという、まさに「仕事人間」にならざるを得ない性分である。

食べて行くために、借金を返すために、とにかく、仕事しか頭にないのだ。

今から振り返れば、当時はろくに休みも取らず、毎日、懸命に働いた。若くて体力もあったし、それしか生きる道はなかった。

移動スーパーのバスの中がわたしの「青春」であったといえるだろう。

☆「地獄に仏」の体験

その仕事の中で、今も忘れられないエピソードがある。

移動スーパーの仕事を始めて、間もなくのことだった。

この出来事は、その後の商人としての人生を決定づけるターニングポイントのような大きな気付きになったと思う。

その日は大みそか。

いつものように、順番にお得意さんがいる集落を回って行くのだが、この日はお正月用の商品の注文を目いっぱい受けていた。

二十カ所ぐらいを回るので、どうしても時間がかかってしまう。まだこの仕事を始めたばかりで要領も悪かったのだろう。

最後の集落にたどり着いたのは、もう夜の十二時半を過ぎていた。

つまり日付は新しい年の「元旦」に変わっている。


凍えるような寒い大晦日だった。

一斗缶に入れた豆腐の水が凍っていたのを覚えている。

「――大変なことになった。こんなに遅くなって、（お客さんは）もう待ってはくれていないのかもしれない…」

不安にかられながら、暗い狭い山道をクネクネと回りながら、懸命にハンドルを握っていた。

気持ちは焦るばかり。

もし、お客さんが待っていてくれなければ当然、商品は売れ残り、次の支払いができなくなってしまう。

「申し訳ない」という気持ちと、「もし待っていてくれなかったら、どうしよう」という不安な思いで、「遅くなってすみません。ご注文のお正月用の品物を届けにきました」マイクを握り必死の思いで呼びかける声は、震える。

そのときである。

暗闇の向こうからチラチラと明かりが見えはじめた。その明かりは、どんどん大きくなり、バスをめがけてやってくるのが分った。

「——お客さんだ！」

まるで真冬の夜の空にホタルが飛んでいるようにも見えた。

「——ああ、待っていてくれたのだ。これで助かった。無事にお正月を迎えられる」

あふれ出る涙をこらえることはできなかった。

「こんな時間まで何をしていたのだ！」と怒られるのは当然と、覚悟していた。

ところが、お客さんは怒るどころか、温かく迎えてくれたのである。

「（わたしたちのために）来てくれて、ありがとう。来てくれないのかと心配していました」と。

そして、ひとりのおばあさんがそっと笑顔で近寄ってきて「――さぞかし、寒かっただろう、お腹すいただろう。ほんとによく来てくれて、ありがとう」と
そう言って、つきたてのお餅を焼いて、温めて食べさせてくれたのである。

わたしたちは涙が止まらなかった。

「地獄に仏」とはまさにこのことである。

ほおばるように口に含んだお餅が、どれほどうまかったことか。

このときの味は、人生永遠の味である。今でもはっきりと覚えている。

そして、この体験でひとつの確信、信念を得ることができた。

「商《あきな》いというものは、誠心誠意、こちらが尽くせば、必ず道は開ける」と。

どんなことがあっても、どこにでも「仏」はいるのだ。

一生懸命努力をし、真《まこと》を尽くして、誰かのお役に立てるようにしていれば、必ず「仏」に出会えるのだ。

そういった気持ちが、心の奥底にしっかりと根付いたのである。

おばあさんはまさしく、商人としての人生で初めて出会った「仏」だった。

この仕事を始めるときに伯父がこう教えてくれたことを思い出す。

「この仕事が成功するかどうかは、お前の心構えにかかっている」

訝《いぶか》るわたし達に伯父はこう説明してくれた。

「必要なものを、必要なだけ、必要な場所に、必要な時間に、日を決めて戸口まで届けることが、移動スーパーの使命なのだ」と…。

それが、現在に続く心構えとなり「経営の原点」がこの移動スーパーにあった。

「真心」を尽くすこと、利益至上主義になってお客さんの気持ちを絶対に置き去りにしてはならないこと――。

身をもって大切な経営の心と道を教わったのである。

二十六歳のとき、妻と結婚し、自分の家庭を持った。

弟は、先に大阪の生命保険会社時代の同僚と結婚していた。

妻は、何と弟の妻の三つ下の妹である。要するに兄弟、姉妹同士で結婚したというわけだ。

家内には〝心から感謝している〟。

理由はいくつかある。

大阪出身の妻が、こんな広島の片田舎まで嫁いで来てくれたこと。

借金まみれで満足に休みも取れず、家庭サービスもできないわたしを支え、共に働き、家を守ってくれたこと。

文字通り身を粉《こ》にし、汗水たらして一緒になって働いてくれた…。

この場を借りて感謝していることを伝えたい。


死にものぐるいで働いた結果、移動スーパーの仕事は順調に伸びていった。

弟と二人で手分けをし、やがては一台だったバスを二台に増やした。

当然、ますます忙しくなってゆく。

休みは取れない。

みんな仕事に生きることに夢中だった。

それも、兄弟姉妹の支えがあったからこそできたのだと思う。

感謝してもしきれない。


わたしたち夫婦は、四人の子供（二男二女）に恵まれた。

弟夫婦も三人の子供がいる。

だが、仕事があまりに忙しくて、四人の子供たちを旅行や遊園地などへ遊びに連れて行ったことは、ほとんどない。

土、日も休みではなかったから。

だが、子供たちは一度も親に文句を言ったり、恨み事を言わなかった。

妻の幸子と

親の背中を見て子は育つという。

多額の借金を返すのに懸命になって働いている忙しい姿が、子供たちの目には焼き付いていたのかもしれない。

「ウチには（遊んでくれるような）お父さん、お母さんはいないのだ…」

子供ながらにそう思い込むことにしていたのかも知れない。

申し訳ないことをしてしまった。

子供たちは苦しい家のことをよく理解してくれ、がまんしてくれた。

この経験により、子供たちには自然と人の痛みが分かる「魂」が育っていたのだと思いたい。

「（親に）遊びに連れて行ってもらったことはないけど、一度だって寂しかったことはないよ」

今でもそう言ってくれる。

子供が四人、弟の子供が三人。

いつもにぎやかで、遊び相手には困らなかったというのだ。

その言葉にどれほど救われたか、どれほど感激したか分からない。

家内には、お金のことでも随分と苦労をかけた。

移動スーパーを辞めて、後にミニスーパーを始めてからのことだ。

商売が振るわず、従業員に支払う給料がなかったことは一度や二度ではない。夫婦の預貯金を全部はたいても支払う給料には足りない。

生命保険もすべて解約して、やっと支払いを終えるが、その「しわ寄せ」は当然、家族にくる。残ったわずかなおカネで、今度はわが家の家族六人の生活を賄わねばならない。

そんな苦しいやりくりを全部、やってくれた。

苦境を乗り越えた「同志」と思っている。

☆社会の劇的変化と両親の死

そんな移動スーパーの時代から、店舗のスーパーへ切り替える時期。

昭和四十年代以降、日本の社会環境は劇的に変化を遂げる。

車社会。それも一家に一台の「マイカー時代」の到来だった。

小さな田舎の町においても、誰もが車に乗って簡単に買い物へ出掛けられる時代がやってきた。

「必要なときに、必要とされるものを、必要なだけ、戸口まで届けられる」といった移動スーパーのメリットは、だんだんと終わりを迎えつつあったのである。

移動スーパーはバス一台に減らし、思い切って、地元の忠海町に小規模な店舗型の食品スーパーを開店させた。

移動スーパーの行商を始めてから早くも十四年が経っていた。

三十六歳のことである。

そして、思い切って、三階建ての店舗兼住居を新築した。
二、三階部分が両親と兄弟家族の住居。一階部分が売り場面積七十坪ほどの店舗。これが今も続く、スーパー「マミー」の一号店となる。
それから一年後には移動スーパーの最後の一台も廃止。小規模な食品スーパーの経営に特化した。


休みもろくに取らずに懸命に働いたおかげでそのころには、三千万円の借金もようやく完済できた。

「これからは、本当の意味で親孝行がたっぷりとできるぞ」

そう思っていた矢先だった。


「好事魔多し」

店舗スーパーに移行してから二年…。

三十八歳のとき、一年のうちに両親が相次いで亡くなってしまうのだ。

今も続く、スーパー「マミー」1号店

三月に父が七十七歳で、十一月には母が七十三歳で…。

母はかねてから病弱で糖尿病の持病があり、三十年間も治療のインスリンが手放せなかった。晩年はそれに加えて、心臓を悪くし、入退院を繰り返していた。

父の死因は「老衰」に「呼吸疾患」が重なったものだったが、やはり母の看病疲れがあったらしい。

母が入院している病室で、ずっと父は寝泊まりし、亡くなるまでつきっきりで看病していた。

そして、先に逝った父の後を追うようにして母も亡くなった。

両親の笑顔と励ましに支えられてきたわたしにはどれほど大きなショックだったことか、言葉では言い尽くせない。

まるで、ふぬけのようになってしまった。

もちろん、そんな状況でも家族を食べさせねばならない。

だから何とか仕事だけは続けていたが、心の中に大きな穴が開いたようで、何をするにも気力がわいてこないのだ。


「自分とは？」

「人生とは？」

「なぜ、ここに存在し、何のために生きているのか？」

何度も自問自答した。

だが、答えが分からない。

頑張ろうと思ってはいても、腰砕《くだ》けのように体から力が抜けてしまう。

男としての生き方を教えてくれた父の死もショックだったが、母の死はそれに追い打ちをかけるものだった。

勉強が得意でないわたしに母は「忠生のことが大好きよ」

「忠生には、忠生にしかできないことがある。それで世の中の役に立つことをやったらいい」

どんなときでも母が温かく励ましてくれたことはすでに書いた通りである。

母親を亡くしてから、あまりにも大きな愛だったことに気付かされたのである。

三千万円もの借金を背負いながら無心に働くことができたのも、つらいと思うことなかったのも、ひとえに「母の笑顔」に支えられたからこそだった。

亡くなった母親は、熱心な浄土真宗の信者で、とりわけ開祖の親鸞聖人《しんらんしょうにん》のことを篤《あつ》く敬《うやま》っていた。

「南無阿弥陀仏…」

仏壇に向かっていつも念仏を唱えていた母の姿が、ことある度《たび》に目に浮かぶ。

いつも感謝の言葉を忘れなかった母の優しい笑顔がまぶたに甦ってくる。
母の一番楽しそうな笑顔が夢にまで出てくる。昔のことである。着物の上からカッポウギを着けて、頭をタオルで包み、手にはほうきや、はたきを持ち、掃除をしながら口ずさむ歌がある。

朝に礼拝
昼は汗
夜は感謝に、眠りましょう
なんの、不足も
今日一日は
わたしは、言わずに
にここにこと…

メロディー付きで、しかも、カラーとなって脳裏に蘇るのである。母からは、特別に教えられたのではない。母の後ろ姿が、そのまま歌詞とメロディーつきで、細胞レベルで覚えていたのである。

「母が信じていた念仏の意味を知りたい」

「仏はどこにいるのだろうか？」

そんなことばかりを自問自答することの繰り返しとなった。

そして、両親を亡くしてから二年間も立ち直れずにいた。

何とか最低限の仕事だけはこなしながらも、心の中では悶々とした気持ちがどうしても晴れない。

気が付けば四十歳。

不惑を迎えた大の男が、母親の影を追い続けるなんて、何と情けない男だと思われるだろう。

だが、ぽっかり空《あ》いた心の穴はどうしても塞がらない。

そんなときに、地元にある「海蔵寺《かいぞう》」（禅宗）の住職である、老師に出会ったのである。

家の宗旨（浄土真宗）とは違う。

だが、そんなことはもうどうでも良かった。ふぬけになった心はどこかに救いを求めていた気がする。

第四章　禅と人生の転機

☆井上希道老師との出会い

「道心無き者は山門に入るべからず」

わが故郷、忠海《ただのうみ》町にある禅寺「海蔵寺《かいぞうじ》」の山門の石柱にはこう記してある。

「入るべきか?」

「入らざるべきか?」

よく心してから入るように、と諭《さと》されているようで、思わず心が引き締まる…。

忠海町は瀬戸内海に面した人口八千人足らず（当時）の小さな町だ。

しかし、缶詰で有名な株式会社「アヲハタ」、手袋の「アトム」株式会社、「タクボ精機製作所」などの企業で潤っていた。

平地はごく狭く、すぐ後には黒滝山の山裾《やますそ》が迫っている。

南向きの高台にある海蔵寺からは、狭い土地にひしめき合っている民家の街並みと、その先にキラキラと輝いている瀬戸内の海と島々がよく見渡せる。

その多くの島が点在する多島美《たとうび》の景色が素晴らしい。

わたしは生まれてこの方、忠海町を出た（移り住んだ）ことはないが、この町が、故郷が大好きである。

その愛すべき、故郷にたたずむ禅寺が海蔵寺だ。

忠海駅から徒歩五分。ほんの少し小高い丘に海蔵寺はある。

今でこそ立派な本堂が建っているが、昔はそうではなかった。


この寺は長らく無住職の寺で、檀家もごくわずか七軒で、荒れ放題の幽霊寺として誰も訪れる人などいなかった。

そこへやって来て、寺を再興しようとしていたのが、井上希道《きどう》老師である。

年のころは、四十を少し過ぎた若い老師だった。

ある日、荒れ放題となっていた境内にブルドーザーを入れて必死で地ならしをし、寺を建て直そうとしている老師の姿を見かけた。

重労働に悪戦苦闘されている老師の姿を見るに見かね、「和尚、わたしでよければ少し手伝

海蔵寺の山門

いましょうか？」と声を掛けた。

「なんとありがたいことだ。あなたは奇特《きとく》な人ですね。是非、力を貸してほしい」と…

それが、老師との出会いとなった。


家の宗旨《しゅうし》は、すでに書いたように浄土真宗である。

だが、海蔵寺は禅宗（曹洞宗）だ。

「宗派が違うので、ご先祖さまに怒られるのではないか…」と家族や親類の中には首をひねる向きもあった。

しかし、わたしは「寺は町の財産だ。宗派は関係ない」と気にしなかった。

二年間も茫然自失の日々を送り、何かに縋《すが》りたいという気持ちが、そう思い込ませたのかもしれない。

当時の海蔵寺には、とにかくお金がなかった。檀家らしい檀家もなく、住職もおらず、荒れ放題になっていたのだから、当然といえば当然である。

しかし、先立つものが（お金）がなければ、寺の再興はかなわない。

友人と一緒に仕事の合間に町を回って頭を下げることにした。再興資金にするための寄付をつのる組織を結成し、何とか資金を集めた。

井上希道老師と著者（左から３人目、京都国際会議場庭園にて、1992 年頃）

幸いなことに、老師が昭和天皇の御従兄弟《いとこ》で、二条建基公と昵懇《じっこん》であったことだ。これにより井上希道老師のご縁で資金を調達し、落慶《らっけい》法要にこぎ着けることができた。長く、荒れていた無住の寺だった地元の禅寺、海蔵寺は老師の強い意志と努力で見事に再興されたのである。

こうして海蔵寺との縁ができた。悶々とした日々から抜け出せずにいるとき、ときどき寺を訪ねては、井上老師の話に耳を傾けるようになる。

もとより、宗教や仏教に対する知識はゼロに等しい。分からないことは何でも率直に老師へ質問を投げかけた。あるとき、山門にある「道心無き者は山門に入るべからず」の言葉の意味を問うたことがある。わざわざ訪問者の敷居《しきい》を高くするようなことをなぜ書くのだろうか？そう疑問に感じていたからだ。

すると、老師はいつもの柔和な顔とは一変した厳しい表情となり、射《い》るような視線でわたしを睨《にら》みつけるではないか。

「小積さん、そんな人に、この海蔵寺に出入りされては困るのだ！

真剣に道を求め、法を求め、修行する人だけで結構なのだ。

ここはそうした人々、坐禅を志す人々だけの心の根本道場、禅堂なのだ」と。

畳みかけるようにして、老師の厳しい言葉が続いた。

「従って、レジャー的に経験をしに来たり、暇つぶしや浮ついた気持ちでこの海蔵寺に来られては大変迷惑なのだ。

（そうした人が来ると）心から真剣に道を求め、命がけで修行する人たちにとって邪魔になる。

だから、神社仏閣のような魂の世界に足を踏み入れる為には、まず心を清浄にして、俗世の念や軽薄な心を捨て、自分の真なる魂との出会いをさせて貰う、という極めて敬虔な気持ちがなければ、本当にそこへ入る資格はないのだよ」。

少なくともそう努力し、そう心掛けている人のみの心の山門なのだ！

「小積さん、分かりますか？」

老師はどんどん追い込んでくる。

正直、わたしには老師の言葉がよく理解できなかった。

ただただ、老師の形相《ぎょうそう》に動転してしまい、どう応えるべきなのか、どうしてよいのかも分からない。

この場に座っていることさえ、何やら場違いのようで恥ずかしくなった。

ほてった顔を手で押さえながら老師の顔すら見ることができず、ただ、黙って俯《うつむ》いていたのである。
すると、いつの間にやら、老師がいつもの柔和な顔に戻っているではないか。
そして、やさしく、いたわりに満ちた声でこう話してくれるのである。
「小積さん、あなたは違うのだよ」
わたしは老師の言葉に驚いた。
「いつの日にかここへ来て、真剣に坐禅をする人だとわたしは信じている。
あなたは真実に対する心の深さが一般の人とは違う。それだけ縁が深いのだ。
必ずそうなる」と。

自分の浅はかさ、知識のなさを思い知らされた。
幼稚な一般論を滔々《とうとう》と老師にぶつけてしまったことを…。
だがこの老師の意外な言葉に励まされて、気力を取り戻すことができたのである。
老師のやさしいまなざしで、ようやく気持ちは落ち着くことができた。
だが、心の疑問は消えない。
聞きたいことは山ほどある。
坐禅をするといっても、この小さなお寺のどこに禅堂があるのだろう？
雲水（禅の修行僧）はどこにいるのか？

禅の修行は、大きな伽藍《がらん》がある寺でやるものではないのか。

そこには、多くの僧侶や雲水がいて、その指導を受けながらともに坐禅を行うのではないのか、という勝手なイメージがあったからだ。

☆老師との対話

このときのわたしは、老師に「あなたは違う」などとおだてられても、まだ半信半疑であった。

自分が坐禅をやる？

そんなことが本当にできるのか…

後に、屋根が落ちかけてお化けが出そうな薬師堂に、たったひとりで籠もり、一週間の参禅をすることになろうとは…。

そのときは思いもしなかった。

「宇宙的な愛」でずっと支えてくれた母親を亡くしたことで、当時のわたしはふぬけになっていた。

「母はどこへいったのでしょうか？」

「南無阿弥陀仏とは？」

「人生とは？」

「生きるとは？」

「自分とは？」

わたしは老師に問う。

「坐ったら（坐禅をしたら）分かる」

それが答えだった。


繰り返すが、坐禅はもちろん、宗教のことなどほとんど知らない。

当然、「どうやって坐禅をするのか？」についてもだ。

悟りの心境とは？


どんな安らぎを得られるというのか。

人格は、感情は、欲望は、自我はいったいどのように変わるのだろうか。

とにかく、分からないことだらけ。

胸の内はすっきりしないのだが、老師はそんなわたしでも、「坐禅をして悟りを得ることができる」と言ってくれている。

だが、どれぐらいの期間、坐禅をすればいいのだろう。

故郷の黒滝山より瀬戸内海を望む、後に出家する浅田幽雪さんと

片田舎の町で小さなスーパーを経営し、何とか生計を立てている身だ。
半月も仕事を休めば、たちまち経営は立ちゆかなくなるだろう。
そんな時間はない。
せいぜい一週間だ。
思えば、移動スーパーから始まり、ずっと働き詰めだった。
ろくに休みも取らず、家族サービスもできない父親だった。
「(坐禅をすれば)いい骨休めになるかもしれない」
そう思うこともあった。
何かに縋《すが》りたい。
救ってほしい。
わらをもつかむ気持ちだった。
だがその一方で、老師の厳しい言葉が改めて頭の中に浮かぶ。
「この海蔵寺は、命がけで坐禅をする人の為にある…」と。
そんな覚悟がわたしにあるのか?
自問自答する。
答えはなかなか出なかった。

老師との対話が続く。

「小積さん、何事も〝ただ本質的に〟おやりなさい。

ただ、素直に、見るときはただ、見るままに、それ自体がそれで、他には何もない。

その上に念を付け足すと迷いが始まり、その物が見えなくなり、混乱が始まるのですよ」

そう言われても当時のわたしにはその『本質的なこと』が皆目、分からない。

『心は、コロコロ変わるから心というのだよ』とも言われた。

「心とは？　自己とは？　いったいわたしとは何だろうか」

ますます迷路に入り込んでしまう。


何のために、人間として生を受け、生きているのか…

家族を持ち、子供を育て、夢を描き、欲望を満足させ、生きることに飽きることのない執着を持っている。

地位、名誉、財産などが心のどこかに渦巻いて、ときおり強く顔を出す。

朝に固く決心したことが、夕方にはもう揺らいでしまう。

他人を羨《うらや》んだり、憎んでみたり。

油断をしていると、すぐ悪心が良心を駆逐してしまう。

いったい自分とは何なのだ？

人生の目標とは？

人生の成功とは？

「これでお前は本当によいのか？」

やはり簡単に答えは見つからない。


「自分はどうしてこんなに悩み、苦しまないといけないのか」

自分を正当化し、被害者にし、やがて開き直る。

「これも運命だ」と、あるときはそう思い込もうとする。

「仕方がない。だって一生懸命がんばっているのだから…」と自分でいたわり、慰める。

自分をいたわると今度は悲しくなる。

「どうしてオレはこうもついていないのだ」とツキのせいにする。


考えれば考えるほど答えが見出せない。

いつの間にか、自分から逃げようとしている自分を見つけてしまう。

自分こそが悲劇の主人公であり、ダメな男だと分かっている。

だが、短い一生だと思うと、自然に幸せを求め、成功を願い、お金儲けをし「明日もがんばって働こう」と決心し、家族のため、かわいい子供たちのためにと、自分の体は構わず、頑張ろうと闘志を燃やしてみる。

そしてまた、物思いに耽るのだ。

何事も思い通りにはいかない。

自分の考えや願いがとんでもなく誤解されてしまう。

自分がよしとして実行したことが、まるで違う結果となる。

自分は誰よりも愛しているのに。

愛して貰えない。

自分は本音で言っていることなのに。

建前としか受け取ってもらえない。


「どうせ、これが世間というものだ」

「オレはオレだ」

自分ひとりが頑張ったところで、世の中は変わるものじゃないし、どうにもならない。

だったら「オレはオレの思う通りに生きてゆくだけだ」

そう思いつつ、

「これでいいのか」

と、また迷う。

いったい人生の目標とは何か？

成功とは？

幸せとは？

そして、自分とは何者なのか…と繰り返す。


老師が問いかける。

ビールの入ったコップを指さしながら「これを、コップと言わずして何というか」と…

「――容器でしょう？」

「違う！」

「ガラスのコップ」

「違う！」

まるでチンプンカンプンだ。老師は、

「コレは、コレでしかない。コレという言葉すら関係ない！」

ただ、分らないままうなずくしかなかった。

答えに窮して困り果てているのに、畳み掛けるように、問いかけが続く。

「ところで、呼吸は誰がしているのか？」

「――自分がしています」

と恐るおそる答える。まったく自信などない。

「では呼吸を一時間止めてみなさい」

「――そんなことをすれば死にます」

「では、吸うだけになってみなさい」

「――できません！」


老師が続ける。

「そうだろう。呼吸すら自分で自由に、思うようにできないことが分かるか。

何でもかんでも『自分が』と思い、『自分がしている』と思い込んでいる。

呼吸ひとつとってみても、意識や判断、学習に依《よ》ってあるものと違うのだ。

呼吸は、この体が一個の個体として機能できるようになっている。その『命の源』であり、ただの『大自然の作用』なんだよ。

つまり、大宇宙の不可思議な作用が、ただ自分の体の上に〝もようされている〟ということなのだ。

だから、大自然の作用を自分が勝手に変更することはできない。

それが秩序であり、法則なのだ。

この峻厳《しゅんげん》にして絶対な法を「戒」と呼ぶ。

その働きは、もともと「自己のない作用」であり、「平等かつ絶対」である。

そして「光明であり、救い」なのだ。

見ることも、聞くことも本来は理屈も何もない。六根《ろっこん》（眼・耳・鼻・舌・身・意）ことごとく清浄《しょうじょう》なのだ。

つまり、汚れても、迷ってもいない。ただその物以外に「何もない」というのが本質なのである。

『理屈が入らないというところが、脱落《だつらく》の世界であり仏の境地』なのだ」


さらに、老師が聞かれる。

「では聞くが、歩くとは何だ」

まったく、心臓に悪いことばかり聞いてくる老師だ。いったいどういう精神構造をされているのか？　覗いてみたい。

もうこうなったら、自分の感じるまま答えるしかない。

「歩くとは…目的があって前へ進むことでしょうか」

「なるほど、しかしまだほかにもあるではないか？」

「…右足が前に出て、後足が左で…」

もう訳が分からない。

自分が何を話しているのか、何を言おうとしているのか…。

だって、歩くなんてことは至極当たり前の行為で、生まれてこの方、そんなことを考えてみたこともない。

だが、この老師にはそんな弁解が通用するはずもない。

また必死になって考える。

「――歩くとは？　歩くとは何だ？」

やっぱり分からない。

とうとうわたしは老師に向かって逆に問い返してしまった。

「歩くとは何でしょうか？」

すると老師はいきなりスッと座卓から立ち上がり、わたしの前を歩かれた。

「――ほれ、歩くとはこれ『そのもの』だよ」と言いながら…。

「何を考え、何を煩《わずら》うことがあろう。

歩くとは素直に『ただ歩くこと』だ。

どこに理屈がいる？　あなたを迷わせ苦しませるのは、ただ理屈が『そのもの』を見えなくしているからなのだよ」

☆『あるがままの今』を体得すること

わたしはハッとした。

「歩く」という言葉や概念、観念ばかりに振り回され、既成概念ばかりにとらわれていたことが分かったからである。

老師は優しい口調になった。

「いいですか、今あなたが坐禅をしようとしていることは『あるがままの今』を体得すること、言い換えれば『一瞬、一瞬の今になり切る』ことなのだ。

では、『なり切る』とは何か？

それは、大自然に還り、理屈ばかりになっている自己を超越すること。

本質は、真理、道、法、彼岸《ひがん》、涅槃《ねはん》は皆同じ。そのままに『今、その場、その場』ただあるのみ。それと『ひとつ』になることで自信と安らぎ、そして豊かさや尊さ、慈悲心が湧いてくるのだ」

老師の言葉に力が籠《こ》もる。

「その力で人を救い、世を救っていくのですよ。その為の修行。目的は大きい。

とにもかくにも我を忘れて『ひと呼吸、ただ、ひと呼吸』になり切るのだ」

呼吸だけではない。

「足が痛くなれば、足を組み変えればいい。どうしても眠たければ眠ればいい。体が痛くなれば、座を立ち、一歩、一歩ただ歩いてそのものになりきりなさい」

「『吸うは吸うだけ』『吐くは吐くだけ』に全意識、全神経、全自己を集中しきり、没入しきることだ」

それができないとどうなるのだろう？

――いろいろな妄想が襲ってくる。とりとめのない雑念に振り回され、一瞬たりとも治らない。

「出てくる妄想を切っては捨て、切っては捨てて純粋な今に帰る努力をしなさい。

何もない一点に収まってくると、外境が蕩《と》けてなくなり、見ても、聞いても、触っても、話しても、すべてが何もない『今の一点』に帰納していることが分かってくる。

これを『只管《しかん》』と言う。この一点が禅の入り口なのだ。理屈も何もないだろう。この一心で、今、その物、事実になり切っていけばいいのだよ。

これを『只管』を練るという」

只管？　それはいったい何だ？

また分からなくなる。

「『只管』とはな。『ただ、無心、そのことだけ、そのもの、なり切る、見聞覚知を意識で捕えないでそのまま、意識や感情が起こる以前のこと』だと考えればいい。これらは皆すべてひとつの様子を言うたものだ。

執着する自我がすべての問題を引き起こすのだ。だから、自分という意識が発生すると見聞覚知の対象にとらわれて、一切の存在が問題を起すのだ。

自我以前の本質を極めないと、本当に解決したことにはならない。

その存在以前の世界が『只管』だ。

悟りのない坐禅は、仏の居ない仏教と同じ。

何の力にも、何の救いにも、何の報恩にもならない、ただの〝まね禅〟となってしまう。

それは仏が最も悲しむところであるから、よくよく心せよ。

分かりましたか？　小積さん！」

そう問われても、老師の言葉が理解できたか、できなかったのか…。

それすらもよく分からないまま、今のわたしには、老師の言葉を「ただ信じていくしか道はない」と感じていた。すでに二年間も立ち直れないでいるのだから。

わらにも縋《すが》りたい気持ちがあった。

決心と同時に…。

「これは大変なことになった」

そう思う。


なぜなら、このとき初めて〝坐禅の本質的な目的〟が見えてきたからだ。

「とてもじゃないが、生半可《なまはんか》な気持ちではだめだ！

より以上の決意と覚悟をもって取り組まねばならない」

これからは老師の言葉を、ひとこと、ひとこと聞き漏らすまいと思った。

そして、持参した剣道着に身を包み、「この上は老師を信じ、老師が言われるまま、とにかく一週間がんばってみよう」

そう自分に言い聞かせ、ついに禅堂に籠もったのである。

☆「ひと呼吸」に成り切る

「呼吸は大自然の働きです。それを悟り、呼吸に成りきることが坐禅の極意だ。

『呼吸を自分がしている』というのが煩悩《ぼんのう》なのだ。『自分が生きている』という我を取るのが坐禅なのだよ」

そう言われてみれば、何となく〝理屈だけ〟は分かったような気がする。

だが、やっと一週間の予定で始める決意をした坐禅は想像をはるかに超えていた。まさしく地獄のごとし、苦痛極まりないつらいものだった。

無我や悟りの境地など、ほど遠い。かけらもないといっていい。

線香を立てて火をつけ、薬師如来《やくしにょらい》さまと向かい合い、「その時間分」だけを目印にして坐っているのだが、たった三十分、坐っただけで足がしびれてくる。

いますぐ、ここから逃げ出したい。


籠もったのは海蔵寺にある薬師堂だ。裏には古い墓場があった。

昔は土葬が当たり前だったから、寺を改装したときに、土中から骸骨がたくさん出てきたらしい。

田舎だから、夜中は真っ暗闇になる。

堂内には、裸電球がひとつぶら下がっているだけだ。

薬師堂は今にも屋根が落ちそうなボロボロの建物である。

夜、その墓場あたりから、何やらガサゴソと不気味な音がする。

「ついに幽霊が出たか！」

こわごわと、裏の墓場の方をうかがってみる。

しばらくして、どうやら、屋根裏をネズミが走り回っている音なのだと分かって少しホッとした。

すると今度は、薬師如来さまの台座の裏の方から、カサカサと不気味な音。

すでに真夜中を過ぎたはずだ。

「いったい何の音なのか…」

もう怖くて仕方がない
お堂の近くには神社の森がある。

そのあたりから物悲しいフクロウの鳴き声が聞こえてきた。

気のせいだろうか。

フクロウの大きく丸い目が惨《みじ》めなわたしを見つめている気がする。

「お前は虚勢を張っているだけだ。本当は恐ろしくて仕方がないのだろう」

そう言われている気がした。

今度はキツネの鳴き声が聞こえてくる…。

極度の緊張で、どうやらわたしは音に敏感になっているらしい。

初めのうちは、それらの音という音が恐ろしく、気味悪くて仕方がなかった。

「吐く息、吸う息…『ひと呼吸』になり切りなさい。何をさておいても、まず心の目を開くことだ。禅の形を覚えただけでは、決して救われないのだ。精神そのものなのだよ」

老師はそういう。

だが、修行ができていないわたしにはそれが簡単ではない。

薬師堂のご本尊である、薬師如来さまと対峙《たいじ》しながら座布と呼ぶ丸いクッションのような物をお尻に敷く。

本格的な坐禅の場合は、両足ともを組んで坐るのだが、初心者のわたしは左足だけを右の太股のあたりに上げて組む。

「吸う・吐く」

「吸う・吐く」

「吐く・吸う」

「吐く・吸う」

やはり集中できない。

遠くで、電車が鉄橋を渡る振動が静かなお堂にまで響いてくる。

すると、頭の中には、電車がキーッと音を立てて駅に到着するシーンが浮かぶ。

知った人が電車を降りて、ホームから改札口に出てくる姿までが知らず知らずのうちに浮かんでくる。

疲れ切った会社員の顔。

うつむき加減の女性。

飛び跳ねるように元気な若者の姿…。

なんと人の吐く息の臭いまで伝わってくるではないか。

それほど人恋しかったのかもしれない。

「どうやらさっきの電車は最終電車だったらしい」

それが分かると、今度はがくぜんとしてしまう。

最終電車の時刻は知っている。

だとすれば、坐禅を始めてからまだ一時間も経っていない。

時計などない堂内にいても、「その事実」が分かった。

「とうに二、三時間は過ぎていると思っていたのに…」

それを知って、たちまち心は「悲鳴」を上げそうになる。

「ウソでもいいから、家族の誰かが『危篤!』の電報を打ってくれないものか。

とにかく、ここから連れ出してくれないか。

薬師如来さま、どうか願いを叶えてくださいませんか…」

苦痛のあまり、この場から逃げ出したい一心で、不埒《ふらち》な考えばかりが頭の中をめぐってくるのだ。

だが、一週間の坐禅というのは老師との〝男の約束〟ではなかったか。

「一週間、坐禅を教えてください。本当に一生懸命にやりますから…」

そう頼んだのはわたしではなかったのか。

今度は自分を責めてしまう。

「この意気地なしめ!

もう逃げ出すのか!」と。

こんな状態では眠るどころではない。

「――痛い」

「――つらい」

「――悲しい」

「――恐ろしい」

「――人恋しい…」

そう思うと、今度は子供たちの顔が目の前に浮かんでくる。

「お父さん！　どこへ行ったの？」

「今夜はどうして帰ってこないの？」

「――お父さん！　お父さん…」


当時、二人の娘たちはまだ、五歳と三歳のかわいい盛り。

いつも、代わる代わる膝の上に座り、喜びをいっぱい表わしてくれていた。

それが一日の疲れを癒やしてくれる。

最も心が安らぐ瞬間であった。

だが、今は娘たちと離れ、この暗い薬師堂に籠もり、坐禅を続けている。

こんな状態がこれから一週間も続くのかと思えば、気が狂いそうだ。

「――もうダメだ」

「――これ以上は無理だ…」

もう精も根も尽き果てて、これ以上は坐っていられない。

ただ、涙にくれながら横になり、床へ入った。

極度の緊張感で神経が高ぶり、もちろん眠るどころではない。

寝返りを繰り返し、少しでも早く夜が明けてくれることを薬師如来さまに懇願《こんがん》した。そして、後悔が口をついて出てしまう。

「――もう、こんな夜はいやだ、まっぴら御免だ！」

おそらく人生の中でも、最も長く、つらい夜だったろう。

涙がずっと止まらない。

そして、老師や老師の言葉さえ、うらめしく思えてくるのだ。

☆『道』を求める為の苦しみ

老師はこう言われる。

「眠りたければ、ただ眠ればいい。

寝坐禅だ。寝床に入っても、ただ呼吸をしなさい。ただ吐き、ただ吸う。これを一生懸命にしさえすれば立派な禅修行だ」

そして…。

「必ず我を忘れて『呼吸になり切る時』がある。満身呼吸そのものになったとき、自我は脱落《だつらく》してそのものの『無自性空』なることを自覚するのだよ。

この明快な大自覚を『悟り』といい、『見性』といい、『脱落』といい、『三昧の消息』という。この覚証こそが禅の生命である。これを得んがための坐禅修行であることを忘れてはならんぞ。

雑用心して心を拡散させている限り、絶対にそのものと一体にはなれない。つまり自己を忘《ぼう》ずることはできない。したがって計らいのない大自然の道はみえないのです。

だから！　雑用心なしに『ただ眠れば』いい。ただ寝る時に自己はない。自己なきを法という。その状態で、ただ寝ればいい。眠るときは眠るのが法である。

そして、法になり切ることを『禅』というのだよ」

「そう言われても…」というような複雑な気持ちだった。知識も経験もないわたしには難しすぎる。

もちろん、そうありたいし、そんな世界に達してみたい気だけはある。

だが、実際にはつらいし、痛いし、寂しい…もう何だか訳が分からない。

坐禅を安易に考えて入門してしまった自分自身が情けない。

「お前はバカだ」と自分を罵《のの》しる。

「これほど無力な人間だったのか」と呆れてしまう。

そんな思いにかられながら、いつしか深い眠りに落ちていた。


「チッ、チッ、チッ」

小鳥の朝のさえずりがどこからか聞こえてくる。

鮮やかな陽ざしに目をさました。すがすがしい朝の営みを全身に感じた。

「この小さな町にこんな豊かな自然があったとは…」

昨晩はフクロウやキツネの鳴き声。

今朝は小鳥のさえずりだ。

お堂の前には、生まれ育った瀬戸内の海が朝靄《あさもや》の中に浮かんでいる。

その光景を見て、昨晩からのつらく、苦しい地獄のような時間から解放された、ありがたさをしみじみと感じることができた。


そこで気を取り直して座に就く。

一週間の坐禅は、まだ始まったばかりなのである。

相変わらず、小鳥のさえずりが心地よいリズムを刻む。

ところが、しばらくすると、町の人々が活動する音が聞こえてきた。

高台にある海蔵寺のお堂にはそれら雑多な音がよく届くようになっているらしい。

工場の始業を知らせるチャイム。

ラジオ体操のメロディー。

小学校や中学校のベル。

瀬戸内の海を行く船の汽笛…。

それらの音が、ひとり静かに坐っているわたしの心を惑わせる。

とたんに心は激しく波打ち、動揺してしまう。

「せっかく、朝のすがすがしさに心が洗われたというのに…」


自分の心の弱さに打ちひしがれた。

『ただのひと呼吸』になり切るどころか、心は乱れるばかりではないか。

「どうすれば、この『音』から逃れられるのだろう」

糸口さえつかむことができない。

無我夢中で「吐く」「吸う」「吐く」「吸う」を繰り返す。

焦れば焦るほど、呼吸は乱れに乱れる。

体が大きくきしむ、組んでいる足の痛さが増していく。

できるだけ我慢するのだが、次第に足の感覚自体がなくなっていく…。次第に痛みが走りだす。

『ひと呼吸になりきる』どころか、あまりの足の激痛にとらわれてしまい、もう坐禅どころではなくってしまう。

見かねた老師が声をかけてくれた。

「足が痛いのなら我慢することはない。足を組み替えればいい。それでも痛いのならば、座を立ち、一歩になり切って『ただ歩けば』いいのだ」。

老師の一言を信じて行うしかなかった。

「本当に『ただ歩けば』自己はない。これを『歩行禅』という。

一歩、一歩、そのものになり切る努力。それは一息（ひと呼吸）になり切る努力とまったく同じこと。本当になり切った『一大事』の『大自覚』はひとつしかないのだよ」

こんどは『歩行禅』らしい。


だが、まだまだ老師のいうことが理解できていない。

「坐禅をしに来ているのだから、ここは痛くても我慢しなくては…」

そう思ってしまう。

そしてまた後悔だ。

果たしてこんな状態でいいのか？

ひと呼吸、ひと呼吸になり切るどころか、いろんな妄想が支配して、自らを苦しめるではな

海蔵寺から見える風景

いか。

そもそも自分など坐禅をする資格がない人間なのかもしれない。

それに、まだ一日（晩）しか経っていないのである。

弱音を思わず漏らしたくなる一方で、自分自身がこんな情けない人間であることは認めたくない。

まったく、それではあまりにも惨めでないか。

そして、今一度気を取り直し、自分を奮い立たせるのだ。


『何が何でも頑張らなくては』

『ひと呼吸になり切ってみろ！』

『今は吐くだけだ』

『今は吸うだけ…』

その繰り返しが延々と続いた。


ヒントらしきものがようやく見つかったのは初めての朝食（精進料理）をいただいたときだったかもしれない。

お膳の箸入れを開くと、何やら言葉が書き連ねてある。

「五観のげ」と書かれた言葉は、食事の前に感謝の心で読むものらしい。

その五つ目にこう書いてあった。

「五つには、成道の為の故に今この食を受く」と——。

それを繰り返し読むうちになぜか目から涙があふれた。大量に…。

「そうだ、今『道』を求めてこの場にいるのだ。

『道』を求めんが為に正しく食を受けようとしているのだ。

昨晩からの地獄のような苦しみも『道』を求めんが為の苦しみじゃないか！」

そう自分が納得できると、それまでの惨めで情けなさがなんだかウソのように消えていき、希望が湧いて来た。

『今の涙は昨晩の涙ではない』

『希望と感謝の涙だ！』

そう思えた。

お膳の食事をひと口、ひと口をゆっくりといただく。

これまでのどの料理よりも、どんな豪華な食事よりも「おいしく」「ありがたく」いただくことができた。

それまでの四十年の人生で、これほど感謝の気持ちをもって食事をした経験などなかった。

気持ちの変化は坐禅にも現れる。

「感謝」の気持ちを持てるようになったのだから、この心を大事にして坐れば、静かに、『ただひと呼吸』になって坐禅ができるのではないか？

そんな気がしてくる。

早々に坐りたい気持ちになった。

「薬師如来さま、どうか見守ってください」

祈るような気持ちで、心からつぶやきながら、薬師如来と対座する形で丸い座布団に座り、線香に火をつける。

この線香は非常に長い。

三十センチはあるだろうか。

昨晩は、この長い線香が「早く無くなれ」と願いながら、時間の経過があまりにも遅いことにイライラしていた、

目を瞑《つむ》りながら坐禅をしていたのでよけいに「妄想」に悩まされたのかもしれない。

そこで、今度は目をしっかりと見開き、火をつけた線香に焦点を合わせて坐ってみることにした。

何かに意識を集中させ、動く余地を与えなければ〝騒ぎ回る心〟を鎮《しず》めることができるので

はないか、と思ったのである。

いま、わずかながら、修行の糸口を見つけた気がした。この気付きは、実は重大な発見だった。

それまでは、とりとめもなく騒がしく、つらくて、いらだたしく、もがき、苦しんでいるばかりだった。

しかし今は違う。ささいなことでも「宝物」を見つけたような気分になる。

早速、坐り始めた。

「あの長い線香が燃え尽きるまでは相当の時間が掛かるに違いない。よし！　その間、この一点に心を集中してみよう。

とことんやってやる。どのくらい『不動の心』でいられるか、だ」

それが雑念、煩悩をしりぞける道だと分かったから。

そう心に決めた。

目は線香の火を「ただ」見つめながら、呼吸は、静かにゆっくりと、一呼吸に全意識を傾注し「吐き、吸い、吐き…」を繰り返す。

とにかく「ひと呼吸、ひと呼吸を大事にはっきりと」を心掛けた。
そしたらどうだろう。
昨晩までの苦しさが和らいだのである。
がんじがらめに締め付けられていた心が緩《ゆる》み始めたのだ。
雑念と悪戦苦闘する様子を見届けることもできる。
老師のいわれる「ひと呼吸、ひと息に成り切る」こと。
それが何を物語っているのか。
それがどれほど大事なことか。
漠然とではあるけれど、少し分かってきたような気がするのである。
『ただ一点を見つめて息を整え、姿勢を正して坐る』
そのことだけを心掛けた。
どうしたら次から次へと襲ってくる妄想を断ち切ることができるのか？
それを「理屈」で考えて、何とかしようとしていたからできなかったのである。

「『今』を『ひと息の一点』に素直に「只《ただ》」置いておけばいい」
少なくとも今は、線香の火を一心不乱に凝視することができるようになり、雑念による攪乱《かくらん》はなくなっているではないか。

ここに坐り、呼吸をし、線香の火を見つめること以外に「何もない」状態になっているのである。

『これこそ、重大なヒントではないか』

どうやら、やっと形だけは坐禅に近づけたようだ。

「今はこれだけ!」

心に命じて、じっとそれに没頭する。

そして、ひたすら坐り続けた。

☆参禅で知った「命」への感謝

やっとヒントらしきものをつかんでからは、早く坐りたくて仕方がない。

『今夜は徹底的に坐ってやるぞ!』

『何が何でも『今』を掴んでやるぞ!』

そう固く決心して坐り始めたとたん、何ということだろう…首に鈴をつけた猫の鳴き声が聞こえてきたではないか。

ときは初夏。猫の発情期である。

一匹、二匹、三匹…ひっきりなしに聞こえてくる。いったんは決心したわたしの気持ちはたちまち乱されてしまう。

「ああ、猫さえいなければ」

そう恨んだ。


せっかく落ち着きを取り戻した心がぐちゃぐちゃになってしまったのだ。

現れた猫の存在を恨み、鳴き声を恨み、首に鈴をつけた飼い主を恨む…。

目の前の「現実」から逃避しようとしている自分の姿に、また、打ちひしがれた。

『これは今起きている現実なのだ。疑う事なき真実なのだ。そこから目をそらしてはいけない、逃げてはいけないのだ』

『真正面から取り組まねばならない』

そのことにまた、気付かされる。


「ひと呼吸になり切る」

「一歩になり切る」

「『今』になり切る」

そう思うことさえ間違いだということが分ってきた。

ただあるのは、事実のひと呼吸、事実の一歩のみ。

〝ありのままの今〟なのだ。

自然の呼吸、ひと息、ひと息を大きく、ゆっくりと吸う、吐く…。

あるのは『ただの今』。これが本当の事実なのだ。

お堂の外では相変わらず猫の鳴き声と鈴の音が聞こえてくるが、もう気にならない。心も動かない。

「猫の声も鈴の音も『今ある、ただの音』なのだ」

音からも耳からも解放された、すがすがしい事実の世界を初めて知ったのだ。


四日目の朝、おもむろに、お堂の扉を開け、外に出た。

あれほど帰りたくて仕方がなかった、執着した町の景色が、今までになくキラキラと輝き美しく目に飛び込んでくる。

それどころか、目の前の景色が、体と一体になっている。

空を舞うトンビ。

電線にとまっているツバメ。

庭でエサをついばむスズメ。

遠くに広がる瀬戸内の海。

そして、懐かしいわが故郷の町の家々のたたずまい…。

それらすべてに何の疑問もなく、一体となって輝いていた。

今こうして確かに『生きている』

そして、自然そのものが『いのち』でありすべてが確かに生きている。個々でありながら明らかに一つである。つながっている。

『生きとし生ける命の中に生れ出た。生きる意味、自分とは何者かを知った』

「母は確かに、この生きとし生ける命の中に輝いていた」。


ただ「涙が溢れ出た」。不思議な涙だった。

〝自他一如《じたいちにょ》〟とは、このような心をいうのだろうか。

「心はコロコロと変わるから心という」

老師の言葉が思い出された。

「まったくその通りだ」

ありのままの自分を受け入れればいい。

ようやく納得できた。


一週間の坐禅を終えて、いよいよ下山のときがきた。

「自分が居なかったら店は、まわらないだろう」

そんな気負った自負心が心からすっかり消えていた。

どこまでも無心に『ただある』だけ。

思うクセが止まると、何もかもきれいに消えて跡形もない…。

真実の『今』というより、初めから真実である『今』の様子であった。

できることなら、このまま出家したい。


最後の食事を老師とともにした。

「小積さん、寺から下りても『一歩は一歩』なのだよ。一歩はどこまで行っても『ただの一歩』でしかないのです。

ただ、多分そうはいかないだろう。たちまちあなたは『今』を見失う。

三十分か、一時間持てば良い方だ。

成すべきことを〝ただやる〟ということは至難のわざなんだよ」

ズバリ、老師は言う。

ちょっと自分が情けなく、悲しくなった。

おそらくその通りであろう。

参禅は貴重な「気付き」を与えてくれたが、たった一週間でしかない。

安らぎの『今』、素晴らしい『今』は禅堂の中だけのものではないのだ。

日常の中にこそ『今』を見つけねばならない。

大事なのはこれからなのだ。

日常というか『今』しかなのである。

そう固く心に誓った。


もとより、人間の心は弱い。

『コロコロ変わるから心という』

老師の「ことば」通り、ずっと、ずっとその繰り返しである。

それからというもの、その気持ちを見失うと、老師を訪ねては、話を伺い、坐禅をした。

「小積さん、素直に、単純に『あるがままに、ただある』。それが修行です。いつ、どこにいても坐禅をしているのですよ」


禅堂で坐っているときは、それが分かる。

だが、残念ながらいったん外へ出ると、とたんにその心を忘れてしまう。

迷う。

煩悩を断ち切り、元へ戻る。

また、忘れる。

なかなか確かな「心の平安」には到らない。

「ひと呼吸になり切る」

その瞬間に煩悩は消える。

油断すると、すぐ自我心や邪悪な心が出てくる。感情に支配されている自己が苦しい。

そのたびに参禅した。

「気付き」は年とともに、だんだん深くはなってきているが、まだまだだ。

おそらく、人間は心の九〇％はエゴに支配されてできているのだろう。

感情や虚栄心や失敗、苦しみ、恨みつらみ…。これでは世界から戦争がなくなるはずはない。

すべては一人ひとりの心が起こしている。

しかし、一瞬、一瞬が自分の本心なのだ。

「邪悪な心」と「良心」との戦いだ。

「それでいいのか?」と自問する。

きっと、死ぬまで反省と懺悔《ざんげ》が続くのだろう。

「良心」に問い続けるしかない。

それが分かればいいのだ。

参禅をした後、従業員にも勧めてみた。だがやはり、他人から勧められてもホンマもんにはならないのである。

自分で自分の良心に問いかける人間性がなければ誠実ということすらわからない。

一息になるしかない。

いかに自分の中にある「神仏」に出会えるかは、誠実さと向上心の有りようによると断言できる。


店で万引をし、涙を流した少女たちもそうだったではないか。

誰もが心の中に「良心」というダイヤモンドを持っている。

だが、その尊い心に気付き、ダイヤモンドに変えるのは結局、自分でしかないのだ。


「素直になって、自分に問い続ける」

それこそが〝日常禅〟における最も大事な一点であった。

そこを見失わない努力こそが、最も大切なのである。厳しく雑念を切り捨てること。

「今」の原点に立ち戻る努力があれば本当に救われる。

これが『良心』なのだ。

自分の良心に問いかけ、人間としての卑しさがなくなり、感謝の念が現れてくると、どんな人であろうと、「尊く美しい人」になれるのだ。

それが、はっきりと見えるまでに「十数年」かかったろうか。
「(亡くなった)母はどこへいったのでしょうか?」
老師はこう答えた。
「坐ったら(坐禅をしたら)分かる」と。
そうか。
母は『心の中に生きていた』
心は「鏡」だった。すべては、そこに映っていた。
命としてつがっているのだ。いや、母とわたしの心は一つだったのだ。
ついに、永遠の母に出会うことができたのである。
子供のころのあの無邪気な素直な心が母に逢わせてくれたのだ。

☆**訪れた転機**

そんなときに、広島市にある素晴らしい大型スーパーを見学する機会があった。

これまで何度もそうした機会がありながら「自分とは無関係の、夢の大店舗だ」と、ただの羨望の存在だとしか見られなかった。

ところがそのときのわたしは〝別の目〟で見て気付くことがあった。「もっとお客さん本位で、喜んでもらえる店作りができる」と確信したのだ。その大店舗には温かさも優しさも心も無かったからだ。

小さな店でも『気配り』によって大型店に対抗できるのではないか。

そう感じたのである。

真実が見えた。と言うより、これが自然であり本当の商人道だと信じたのだ。

面白いもので、そんなときから間もなくして、隣町の三原市（広島県）にあったスーパーからわが社に対して、店舗委譲、経営依頼の話が持ち込まれてきたのだ。

四十五歳のころである。

ちょうど、地元・忠海町の本店は、近くに売り場面積が倍の競合店スーパーが開業し、厳しい状況に陥っていた。

本店の一店舗を、兄弟の二家族で経営していたので弟に本店を任せ、わたしは三原市で新たな出店をすることにした。こうすることで活路を見い出せる気がしたのだ。

即断でその話を受け、すぐに開店の準備を始めたのである。

〝読み〟は当たった。

開店初日の来店者数は、予想した人数とわずかに一人違っただけ。

小型店ならではの、お客さん本位の店作りも奏功《そうこう》し、経営は順調だった。

そして、約一年後、三原での新店舗が軌道に乗ったとき、さらに、同じ三原市の別のスーパーから経営依頼の話が持ち込まれたのである。運命を感じた。

もう迷いも苦痛もない。

自分にはそんな境遇が〝似つかわしい〟とさえ感じる。

すぐに出店の準備に取りかかり、三号店をオープンさせた。

だが、結果的にはこれが迷いを生んでしまう。

原因は、詳しく検討することもなく、相手のことをすっかり信じ切って言うがままになってしまったことだった。

困ったことに他人（ヒト）を疑うことのない甘さがある。これが裏目に出たのだ。

状況を打開するには、「損得の利害的な駆け引き」で争わねばならない。

それが苦痛だった。

ふたたび、老師を訪ねた。

「喜びのときは素直に喜び、悲しみのときはただ悲しみ、戦いのときは戦うのが『道』である。ただ戦えばよいのです」と。

明快な答えだった。

本来、「美しくて格好よく、おおらかである」ことだけが法であり、道なのだ、と勘違いしていたのである。

早速、努力を重ねて相手と率直に「戦い」、常識的な線で決着にこぎつけることができた。


三店舗まで増やした店は、売り上げを年商約九億円まで上げることができた。

ところが、その二年後、今度はさらに大型の店舗が近隣にオープン。

「小型店ならではの対面販売」に活路を見い出したものの、やはり限界があり、傷口が広がらないうちの撤退を決意することにした。

新たに三原市で出店した二店舗を閉店させ、当初の本店一店舗だけを残すことにしたのである。

一店舗だけにすれば、少なくとも、弟家族だけは生計を立てることはできると考えたからだ。

もちろんそうすれば、わたしたちの家族は新たな道を探さねばならない。

とにかく、一族全部が倒産するわけにはいかないのだ。

すべて自己の整理をし、撤退費用などにあてることにした。

思えば、二十二歳で移動スーパーを始めて以来、弟とは一緒に仕事をしてきたが、常に「兄」のわたしは社長であり、弟より上のポジションにいたのである。

弟は面白くなかっただろう。

兄弟といっても双子であり、先に生まれたという理由だけで、父が「兄」としてしまったのだから。

そのせいだろうか。

二人は決して「仲が良い兄弟」ではなかった。

だが悪い兄弟でもなかった。ただ意見が別だった。

兄が右と言えば、弟は左…。

子供たちが、あきれるほどだった。

だからこそだ。

「弟にスーパーをすべて任せ、以後一切、口を出すまい」と誓った。

迷いはなかった。

それが禅で学んだ「素直」で「『今』になり切る」ということなのである。

実際、現在に到るまで、弟の経営方針には一切、口を挟んでいない。

今でもマミーの創業者であり、大株主だが、人事にも干渉しない。

ついこの間、代替わりをし、スーパー「マミー」の社長を弟の息子が務めることになった。

心から「頑張れよ」と願いながらハンコを押した。


そして、五十一歳のときに、画期的で、革新的な健康飲料「パイロゲン」のビジネスを行っていた株式会社「赤塚」の社長、赤塚充良《みつお》氏と出会い、「コズミック」という会社を新たに創業することになったのである。

赤塚社長の知遇を得て「ＦＦＣテクノロジー」の普及活動に参入し、農林水産業の一次産業改善の普及に専念した。

「水が変われば命が変わる」という現実を実感し、「機能性高分子セラミックス」の気づきをいただく。

赤塚充良社長は、「人生における師」のおひとりである。

「新たな水」については、次章で詳しく触れることにしたい。

有限会社「コズミック」を設立（右の赤塚充良社長と、1995年）

第五章　「三方悪」から「三方よし」を超えて

☆物質文明の危機

「売り手よし」

「買い手よし」

「世間よし」

の善循環社会。


商人として生業《なりわい》を営む上で、理想として実践して来た『三方よし』は、もともとは近江《おうみ》商人の誇りであり理念である。

産地が、いきいきと命輝き、作り手（生産者）や流通業者（販売者）は誇りをもち、喜びをもって、商品を売る。

買い手（生活者）は、よいもの、おいしいもの、社会に役に立つものを手に入れる。

その結果、社会や環境（世間）はますます栄え、良くなっていく。そこには、確かな善循環社会があった。

つまり「皆が夢と希望を抱き、共に幸せになれる」コミュニケーション社会だ。地域に根差した「安定と調和」に向かう世の中である。

いや、そうあるべきだと確信していた。


ところが、現代社会はそれとは正反対の「三方悪」になっている。

しかも、「三方悪」は地球規模でますます酷《ひど》くなるいっぽうだ。


「経済最優先」

「競争と対決」

「能力主義」

「格差社会」

「行き過ぎた市場原理経済」

必要もないのに、売らんがための大量生産、大量消費、大量廃棄。

その名のもとに排出される大量のエネルギーのロスは、地球温暖化や水質汚染・土壌汚染などを猛スピードで加速させている。

大自然が持つ自然治癒《ちゆ》力や自然浄化作用など「善循環」の力は疲弊し、失われてゆく。

日進月歩の科学技術を持ってしても、急速な破壊と腐敗を阻止するまでには至っていない。

もはや、人類の存亡の危機とも言うべき環境破壊を、わたし達がわたし達の手で、崖っぷちのギリギリにまで追い込もうとしているのだ。

経済コスト優先で生産される食物は、農薬まみれ、化学物質まみれ。

自然の「命」ではなく、無理やり作った「人工的生命体」だ。

農薬と、化学肥料、各種ホルモン、抗生物質など、あらゆるものを投入して、生産効率を上げている。

免疫力も生命力もない、ストレスの塊りを食べて、人間が元気になれるはずがない。

無理やり、お金や化学物質で育てた生命は、いずれ滅びてゆく。

なぜなら、種（子）を残すことができないからからだ。

利益・効率のために〝不都合な真実〟を見て見ぬふりだ。

土壌、水も汚染され放題。

すぐに腐ってしまう農産物や肉。

こんなものを、食べれば食べるほど、病気になるリスクは高まる。

まさに『悪循環』の社会である。

「もうしんどい」

「限界だ」

生命体としての地球の悲鳴が聞こえてくるのだ。

このまま放置すれば地球は、人類は、破滅に向かうしかないだろう。

「利益」「生産性」「効率」を優先させ、誰も〝不都合な真実〟に目を向けようとはしないから、ストップをかけられないでいる。

もう黙って見過ごすことはできない。

今こそ、『三方よし』の本質に還るべきなのだ。それは、「身土不二《しんどふに》」「医食同源《いしょくどうげん》」への自然回帰である。


もっとわかりやすく言えば、効率・利益優先のファースト・ライフから、本来の人間らしいノーマル・ライフへの転換であろう。

産地が自信をもって消費者に生産現場を見せられること。

格差社会から、みんなが幸せを感じることができる社会へ。

つまり利益の公平分配機構の構築である。社会的共通資本を提唱されていた経済学者の宇沢弘文氏の考え方がある。

モノ、おカネの経済・物質至上主義ではなく、「心が豊か」になる世の中。

社会や人の役に立ち、やりがいを感じ、未来につづく生命循環社会への、夢や希望にあふれた人生こそが人間に生まれたゆえの生きがいであろう。

「生活者」こそが主人公であり、生活者の考え方や生き方が「すべてを決める」社会。

子供たちとともに、未来に向かって歩むことができる社会。

ひと言でいえば、『生きていることに幸せを感じる』社会の実現である。


市場原理主義となった今、現実は、「産地」も「生活者」もまた、追い詰められ、苦しんでいるのだ。

いいものを作りたくとも、がっちりと作り上げられた経済の、流通のシステムがそれを許してはくれない。

つまり「悪循環」。


だが、そうした産地にさせているのは、価格が安いだけの商品を求める「生活者」自身でもあると、言えるのだ。

環境問題、原発問題も同じだろう。

「反対、反対」と声高に叫ぶのは簡単である。

では、あなた（生活者）はどうなのだ？

今できる精一杯のノーマル・ライフを具体的に行っているのか？

可能な限り節電をしたのか？

エコ生活をしているのか？

経済至上主義にどっぷりと漬かり、便利でコストだけを考えて商品を選んでいるのはあなた自身ではないのか？

あるいは、自分だけ、自分が住む地域だけよければ、他人や他の地域はどうなってもいい、というエゴに囚われてはいないのか？


つまり、生活者自身が「意識」を変えないと、産地も変わらないのだ。

「健康的な、安心、安全な社会」にしたい。

「未来の子どもたちに喜ばれる、行動を伴う改革をしたい」

「自然が育んでくれる生産物、つまり、無農薬か低農薬で、添加物の少ない、体にいいもの、安全なものを食べたい。そんな環境で子供を育てたい」

「自然を取り戻す社会にしたい」

「大量生産、大量消費、経済至上主義はもうたくさんだ…」

まずはこのように、生活者自身が自分の中の「心」に問いかけて見ることだ。

「本当に今のままであなた（自分）はいいと思っているのか?」と。

一人ひとりが〝気付き〟を得て、次第に大きな連帯となって広がってゆく。

時間はかかっても、そういうことでしか、社会は変えられないと思う。

生活者が、しっかりした理念とポリシーを持って、産地を〝作っていく〟時代に来ているのではないか。

決して〝他人ごと〟ではない。


昨年、フランスで地球環境を守るために、各国がCO2の削減を話し合う「COP21」が開催された。

深刻なのはCO2だけではない。

海が、大気が、水が、土壌が化学物質にまみれ、汚染が進んでいる。

大量生産、大量消費によって、「エントロピー」（破壊・崩壊）が増大し、このまま行けば〝地球の死〟は目に見えているのだ。


もちろん、国家や政治家として、やるべきことはやってもらわねばならない。

ただ、国同士の利害がぶつかり合う国際会議で合意に達するのは容易ではない。

その前に、地球に生きる人間として、一人ひとりができることがある。

経済至上主義の呪縛から逃れ、意識を変えることだ。

おカネや物質を追いかけず、心や生きがいを求めていく。

単に、安いものや均質なもの、効率や利益が本当の「価値」ではない。

「自然界はすべて自分たち（人間）のものだ」という幻想や錯覚は、もはや捨て去らねばならない。


このことは、「自分ひとりが思っているだけ」ではダメなのだ。

産地も、消費者も、世間も、「三方」がその思いを共有するのだ。

社会全体の問題として考えるべきなのだ。

そうすれば、生きとし生ける命はみな、幸せになれる。

未来に生きる子供世代、孫世代に「青い地球」を残すことができるに違いない。

そんな『三方よし』社会の実現。

それがもう待ったなしで、目の前に来ている。

日本人は古来、大自然を神そのものとして崇《あが》め、どこの村でも社《やしろ》を設けて、祈りの中心にした。「どこにでも神は存在していた」

そこに宗教を超えた自然との共生が根付き、ＤＮＡに宿っているのだ。

身近な自然界の「神」、自分自身に内在している「神《こころ》」に問いかけることが大事な一歩だと考える。

☆大型スーパーに対抗し対面販売

『三方よし』の大切さを実感したのは、地元でスーパー・マーケットを経営していたときであった。

第四章でも簡単に触れたが、忠海町の本店から始め、隣町の三原市のスーパーを譲り受ける形で新たに二店舗を開店させた。

三軒の店は、いずれも売り場面積が百坪程度の小店舗食品スーパーである。

家族経営のささやかな規模だが、お客さまには大変喜ばれた。

ところが、その〝小さな成功〟に大資本のスーパーが目を付け、潰しにかかってきたのである。

ミニスーパーの近くに五倍、いや十倍の売り場面積を持つ大きな店ができた。

当然、資本力ではこちらに勝ち目はない。

相手はもともと、利の薄い商品をさらに安くして特売する。

今でいう「価格破壊」だ。

たちまち、お客さんは大手スーパーに取られてしまった。

中間マージン（利益）で成り立っているスーパーの経営は、常に価格破壊との戦いなのである。大型店との値引き合戦は、小さな店には〝死活問題〟になってしまう。

そこにあるのは、ただ「安いか」「高いか」の戦いである。

「モノ」と「カネ」だけで成り立つ人間性不在の効率の追求と、安全性を無視した大量生産。そして、生命力のない、ただ品ぞろえだけの空間が広がっていた。


「――このまま同じ土俵で勝負を続けていても勝ち目はない。長いもの（大型店）には巻かれろということなのか？」

――いや違う。向こうが物量と、資本力で来るなら、こっちは人間の心、魂、良心を信じ、地域の利便性を高めればよい」

そこで、徹底的に「対面販売」にこだわることにした。

それは、人間が人間に対して、喜びを共有すること、「生きている命を実感できる店」をかかげて挑戦した。

「あのお宅は魚が好きか？　肉が好みなのか？」

「家族は五人。食べ盛りの息子さんが二人もいるから、こっちの商品の方がお買い得だろう」

「だんなさんの給料日は明日じゃないか。ここはちょっと奮発してくれるはず…」

こうした細かい生活情報は、自ずと対話の中から入って来てくる。対面販売であるため、直接お客さんに声を掛け、話を聞き、本当のニーズに合った商品を提供するのだ。

「人と人との信頼と良心、感謝」

これで大型店との差別化を図る、活路を見いだすことに賭けたのである。結果、店は地域になくてはならない店となり、何とか生き残ることができた。

現在も本店は健在である。

ただし、そんなにうまくいく場合ばかりではない。

このことについても、前章で書いたが、くわしい経緯をもう一度振り返ってみたい。

「競争と対決」の価値観で支配されている現代社会では、悲しいことに、商品やサービスの「本質」ではなく、資本力をバックにしたパワー・ゲームで勝敗が決まる。

五倍、十倍の売り場面積の店舗で勝てないとみるや、次は、二十倍、三十倍の広さをもったさらに巨大店ができた。

買う人（消費者）は、同じ商品ならば、品揃えや安い方がいいに決まっている。

いくらこちらが細かい生活情報をつかみ、信頼と良心で勝負をしても、多くの消費者は「価格破壊」の魅力には勝てない。

巨大店との長い消耗戦が続いた。この現実は社会構造全般で日常起きている、深刻な社会現象として顕《あらわ》れている。大人も子供も、生きとし生ける生物生体全般に見られる。

「価格破壊は悪循環の大元である」

つまり「生産者も販売者も消費者も」流通に係る多くの人々も、価格破壊がもたらす呪縛《じゅばく》により、人としての精神的「ゆとり」が得られず、何かに追われ続ける、利益と売り上げの効率化と極限の経費カットなどの重圧から精神的にストレスを抱え「うつ病的」な病理が蔓延《まんえん》している。

二十一世紀の『三方よし』というべき新たな価値観…。

生きとし生けるものすべてが再生、蘇生する「新しい高付加価値社会」や、命に感謝・感動する「(超)善循環」の実現のため、本物の技術を求めて、セラミックスの発明から生成される水の発見につながり、世界最大の学術論文掲載サイトである「ＢＢＲ」と「Science Direct」に掲載された。

検索すれば、世界の科学者が、誰でもがサイトを活用できるようになり、これにより、一挙に『自然生態』と『人類の公共的愛』としての一歩を踏み出すことができました。

この事については、のちに触れたい。

繰り返しになるが、まずは『今』の状況が『最悪である』と気付くことだ。

大量生産、大量消費によって、排出される大量のエネルギーロスが、地球温暖化や環境汚染を作り出し、人間による人間だけのエゴ社会を生み、自ら築いた文化・文明とともに滅びようとしていることを…。

このような現状だからこそ、新しい価値観や本物の技術が希求されていることを…。

大自然と共生できる生き方、子供たちが夢と希望を抱ける未来を待ち望んでいることを…。

エントロピー増大（過剰酸化・破壊）社会➡エクトロピー（安定・調和・高付加価値）社会への転換が求められていることを…。

太陽、空気、水、土壌が「（超）善循環」できる地球を…。

そして、二十一世紀の本物の科学技術は、人間が人間として生きることで、すべてが豊かになり、大自然とともに幸せになれる。『生命継承の循環』が、可能になる社会を実現するためにあることを…。

地球生命の永続的発展を可能にしてゆく社会の実現を…。

☆盛和塾・稲盛和夫塾長との出会い

今、稲盛哲学の実践実学を学び『三方よし』を超えた教えに感動と感謝をしている。

経営者としてひとりの人間として「心を高めつづけ、経営を伸ばす」生きざまと、その実践は、日本国内だけでなく、海外に拡がり、若手経営者が九千社も集う道場となっている。京セラや第二電電（現・ＫＤＤＩ）の創業者であり、経営破綻したＪＡＬを、見事に再生させた稲盛和夫塾長。

経営者として、人間としての師であり、多大な影響を与えてくれている稲盛塾長との出会いはもう三十年近くも前になるだろうか。

株式会社フェリシモ会長の矢崎勝彦氏を介して、稲盛和夫会長がボランティアで運営されている経営塾「盛和塾」への参加を呼びかけられたのがきっかけだった。

当時、四十七歳を過ぎたばかり。

参禅の体験記（『坐禅はこうするのだ』共著、一九八七年）を一冊の本にまとめたのだが、それを目にされ、自らも参禅された矢崎氏から「盛和塾」に、ご縁をいただく事になる。

「今度『盛和塾』という若手経営者の勉強会を立ち上げるのだが、あなたも参加しないか」と声を掛けて頂き、一期生として参加することとなる。

「世の為人のため」に役立つ経営をめざし、「心を高め経営を伸ばす」京セラ「フィロソフィー」の教えは、多くの若手経営者を育てている。

フィロソフィ
座談会

'92夏号テーマ◉稲盛哲学に集う塾生のあり方を考える　I

熱き魂の触れ合いを求めて

塾長・稲盛　和夫
島津　公保
村井　勝
峯平　隆弘
小積　忠生
建野　晃毅
司会・矢崎　勝彦

期待と感動の輪が広がる

稲盛哲学に集う（「座談会・熱き魂の触れ合いを求めて」機関誌「盛和塾」第2号、1992年7月10日）

ここでは、詳しく述べることは控えることとする。

「盛和塾」に初めて参加したとき、わたしの会社は、集まっている他の経営規模に比べると、あまりにも小さかった。

とにかく、売上高の数字のゼロが二つぐらいは少ないのである。

自己紹介をするときに、どれほど恥ずかしかったことか。

だが、稲盛塾長は絶対にそんな数字だけで人を見下したりしない。

大事なのは「人物」であり、経営哲学なのだ。

会が終わると、たいていは車座になって、酒を酌み交わしながらの議論が続く。

そんなときも会長は、注がれた酒を断わったことがない。

わたしのような小さな会社の経営者の話や質問にじっくりと耳を傾け、的確なアドバイスを返してくれる。


一九九二年に、京都で「盛和塾」の第一回全国大会が開かれたときは、はからずも発表者の一人に加えていただいた。

発表テーマは「小さな店の小さな夢」。

二十二歳のときに、父が作った三千万円の借金を返すために、移動スーパーから始め、小さな店舗を経営することになるまでの話から始めた。

そして、第一章で書いた、小さな店で万引をした二人の少女との出会いに感謝したという話。

さらには、手のつけられないワルだった宮崎のM君を預った話をした。

その上で、こう述べたのである。

「わたしは盛和塾に入る前に、本当に出家して全国を回ろうと思っていました。そういう家庭の中に入って子供と出会い、ひとりでも二人でも救うことができたら、これはわたしの天命ではないかと思ったからです。

豊かだといわれている今の世の中、今の日本が、子供一人救えないのです。子供一人救えない世の中の何が豊かなのでしょうか。何が幸せな現代社会なのですか。

稲盛塾長のお話はすべて人間の心、魂のことを言っておられます。それだけに、この盛和塾こそ二十一世紀に向けて、夜明けとして、光として必ず世界を照らすのではないかと思っています。

塾生の皆さん一人ひとりが本当に自分に目覚められて危機的な地球環境と人類社会を救う光明になるのだと信じてやみません」

今から思えば、稲盛塾長をはじめ、大経営者の方々を目の前にして、何と偉そうなこと言ったものだ、と冷や汗が出る。

ただ、これは塾長や他の会員に一番、聞いてもらいたかった話であったのは間違いない。

塾長は、懸命に訴えたわたしの話に真剣に耳を傾けてくださった。

そして、こう返していただいたのである。

「感激しました。

仕事を通じて、傷ついた子供たちの心を癒やしてあげる。そういう会社にしてほしいと思います」と。


一九八五年から始まった「京都賞」の授賞式のパーティーに招待された。

名誉総裁の高円宮ご夫妻（当時）や故瀬島龍三・稲盛財団会長や、そうそうたるお歴々が臨席された会場で、着慣れないタキシードに身を包み、フルコースの西洋料理をいただく。


「――青い地球は誰のもの…」

子供らのうたう歌の歌詞を聴きながら涙があふれた。

「京都賞」の選考の大きなポイントのひとつが「世の中への貢献」だ。

いかにも「利他」を哲学としてきた稲盛会長の心が顕れている。

「人間というのは、常に厳しい環境に身を置かないと発展しない、新しい想像力がでない」ともいわれる。

「努力」
「謙虚」
「反省」
「感謝」
「利他・善行」

稲盛会長が大事にしてきた哲学は、大いにわたしに勇気と希望を与えて下さった。会長は八十歳を超えてますます元気。現役バリバリだ。現在七十三歳のわたしも負けてはいられない。命ある限りはがんばるつもりである。

☆なぜ「水の再生」に注目したか

さて、『三方よし』（売り手よし、買い手よし、世間よし）の実現、二十一世紀の新たな価値観、新しい技術を構築してゆくためには、「エントロピー」（過剰酸化・破壊が増大する社会）→「エクトロピー」（安定・調和の循環・高付加価値社会）への転換が必要であることを何度も書いてきた。

利益や効率、均質最優先の中で、農業、漁業、畜産などの第一次産業・生産現場は疲弊し、価格が安いだけの、農薬や化学物質にまみれた商品がまかり通る。

抗生物質などの大量投薬による耐性菌反乱の問題は深刻である。新しい抗生物質の開発が追いつかない。

何も、一次産業だけの問題ではない。

人類を襲う新型のウイルスに「ＷＨＯ」（世界保健機関）が警鐘を鳴らしている。

「戦争で人類が滅びる以前に、耐性菌の反乱により人類は滅びる」と言っているのだ。

自然にある自然浄化作用や、自然生態の持っている自然治癒力の「生命循環」が絶たれ、人類ばかりか、すべての生命を不幸にする。

それが分かっているのに、人々の意識はなかなか変わらない。

今こそ、一人ひとりが危機に気付き、本来の「人間の心」は真っ白だった〝赤ん坊〟の「こころ」を取り戻すべきときなのだ。

「みんなが世の中に役立ちたいと願い、共に幸せになる社会」を希求している。

「モノ、おカネではなく、心が豊かになる社会」。

「生きるためにだけ、アクセクする社会から『生きて命があるから』こそ、幸せがある社会へ、イノベーションが必要だ。

感謝と感動…『ありがとう』の言霊《ことだま》が周りを蘇生させる社会」…。

こうした思いを胸に、五十歳を過ぎてから、新たな仕事「ＦＦＣテクノロジー」にチャレンジすることになった。

まずは、すべての生命の源といえる「水」の普及に取り組むことにしたのである。

そして「コズミック」という会社を新たに創業することになった。

三重県津市で事業展開されている、赤塚充良社長の知遇を得て「ＦＦＣテクノロジー」の普及活動に参入し、農林水産業の第一次産業改善の普及に専念した。

その時、活躍したのが「波動測定器」である。科学的な数値で表すことの難しい「微弱生体磁場情報（細胞水の持つ磁気情報）を駆逐し生命エネルギーとして数値化できる、優れものである。

その数値から「水が変われば命が変わる」という「生命エネルギー」を実体験し、「機能性高分子セラミックス」の気付きを得た。

それは、自然が持っているたくましい浄化力や、あらゆる生物の自然治癒力を手助けする『新しい水』を創り出す「セラミックス」の発明と言えよう。

なぜなら、新しい水が循環することによって、「人々の健康面」だけでなく、すべての生態

水の本質について気付きを頂いた・赤塚充良社長㊨と（オーストラリアで、2004年）

系が「再生」と「善循環」する実証事例が報告されるからだ。

「セラミックス」により生成された水の再生によって「地球」そのものの自然治癒力、浄化作用力を手助けすることができる。

「競争と対決の価格破壊」の構図から離脱し、良心に従った生き方ができる。

信頼と喜び、感謝を共有できる「生物生命力」があふれた、高付加価値技術が支持されれば、消費者と生産者、社会がともに幸せに生きられる「三方よし」の本物の社会が実現するのだ。

セラミックスから産れる「新しい水」は『生命を活《い》かす水』と考えられている。

そして、この水の性状を変える特殊なセラミックス（忠海セラミックス）に気づいたのは六十三歳のときである。

このセラミックを介した『生命を活かす水』は生命活動を安定させ、人々や食物に好影響をもたらし、環境を改善するのだ。

一言でいうと「水の再生」である。つまり『命は命のために生きてゆくのだから』

なぜ「水の再生」に注目したか？

まずはその原点からお話ししたい。

移動スーパーをやっていた五十年前、無農薬・有機野菜を当たり前のように毎日、いただいていた。

生命を生み出す「母なる大地」が息づいていた時代である。つまり「身土不二」「医食同源」が生きていた時代であった。

母なる大地の自然環境の中で、自然が育てた生命をいただく。

太陽と水と土壌微生物の循環、すなわち、自然が育てた命は、種を残して「子孫を継承」する。

花が咲き実となり種となって、生命の循環をしている。

「花はなぜ、咲くのだろう」

「四季折々に咲く花」

「フローリングの仕組みは」

ただ、直感的にいえるのは、「種」をつなげる、つまり「子孫」継承の姿だ。

例えばキュウリや茄子《なす》は、そのまま、干からびて熟成し、種を残し、命を継承してゆく。

生命継承の永続的発展の姿があった。


ところが、現在の野菜たちは、冷蔵庫の中でさえ腐って行く。

生産コスト重視、生産性と効率を高め、大量生産至上の名の下に、十数年前から「F1」という「一代交配の種」が流通している。

こうした植物が花を咲かせ、実をつけても〝一代限り〟。だから種を買い続けねばならない。

外国では禁止されることも多い遺伝子組み換えの穀物や植物もまかり通っている。

日本の農業はいま、「命の根源である種」を外国から買い続けねば生産できないという異常な事態に直面しているのだ。

冷蔵庫の中にある野菜は「腐っていく野菜」が常識になった現在。

時間の経過とともにドロドロと腐ってゆく野菜や果物…。その生命体は「明日は我が身」であることに、早急に気付くしかない。

五十年前はそうではなかった。

キュウリも茄子も「腐る」のではなく「萎《しぼ》んで」いった。

そして中に種が残り、あらたな芽を出す。

生命循環のエネルギーをわたしたちはいただいていたのである。

☆どうして腐るのか？

どうしてこんなに「腐る」のか？

何かがおかしくなってきているにちがいない。

そう考えた。

生命の源は「水」である。

作物が腐るのも水に問題があるからではないか？

腐ってゆく水に覆われているから腐るのでないか、という気付きに到ったのである。

つまり、自然界に生命が生まれたときに働いていた水に近い水の状態に戻せばいい。

その気付きから、水の性状を変える特殊なセラミック（忠海セラミックス）の開発が始まったのだ。

水を介在として、土壌も人間も細胞も活力あふれるものに変える、奇跡のようなセラミックスである。

決して、夢物語や絵空事を話しているのではない。


有名な「大賀ハス」の話をご存知だろうか。

一九五一（昭和二十六）年、東京大学農学部の大賀一郎博士が、約二千数百年前の縄文時代の地層から古代ハスの種、三粒を発見し、そのうちの一粒の開花に成功させた。というものである。

二千数百年も地中に埋没していたハスの種の土壌環境はどうだったのか？

炭化もせず、腐敗、分解もせず、化石にもならず生命を保っていたのはなぜか？

それは、「生命を活《い》かす水」に浸かっていたからではないのか？

同じような実験をやってみた。

「セラミックス」を介した水道水を入れたガラスビンに桜、梅、バラ、アジサイを入れて観察している。

七年間も腐敗することなく見事に形状を保っているのである。

「腐る」はずのくみ置きの水が七年経っても腐らない。

大地から湧き出たような水、それが「生命を活かす水」である。

この新しい水こそが、本来、大自然や生命が持っている自然治癒力、浄化力を手助けするのだ。

すべての有機物は、いずれ腐敗分解か、発酵分解に向かってしまう。

現代ではほとんどが「酸化」され、腐敗分解に向かってしまう。それが、現代の水に対する常識なのである。

酸化の方向から、有機物を発酵分解の方向へと変えるのだ。

つまり「生きてゆく・蘇生の方向」と「種を残し、子孫を残す方向へと変革してゆく方向。

「生命を活かす水」は、腐敗することなく、また自然界の法則のまま働く。また腸内細菌のバランスを整える働きがあるので、腸内の病原菌を減少させる。

自然界がもともと持っている「自然浄化作用」や自然生態が持っている「自然治癒力」を助け応援することから考えられる経済効果や環境蘇生は計り知れない。

増大する医療費を大幅に削減することも可能だ。

「生命を活かす水」の技術を活用すれば大地が、海がよみがえり、生命力のある生産物をいただく人間も健康になる。

そして、水の素晴らしさ、大自然の治癒力、自浄作用に〝気付き〟を得た人が一歩、行動起こすことで、世界が変わる。

生活者の体感と実感は国、民族、生物全部を動かし始める。

俗にいう「バタフライ効果」だ。

その結果は「生命が生命を通して」教えてくれるだろう。


すでにこの水はあらゆる細胞に、しみいるように浸透することが実証されており、実際にさまざまな生産現場で活用され、目覚ましい成果をあげつつある。

米、しいたけ、あるいはヒラメ、フグ、カキの養殖…。

美容・健康も改善する多くの報告がある。

肌がツルツルになったり、アトピー性皮膚炎にも優しい。腐敗臭や雑菌の抑制効果も報告されている。

そして、やがてはこの水が、大量生産、大量消費による環境破壊で悲鳴を上げている自然生態も地球規模で蘇生や、再生可能なエネルギーの大変革をもたらすだろう。

生活者→生産者→感謝・感動→生きがい→生きとし生ける生命の循環→環境の再生→みんなと共に幸せになる社会→地球を救う。

このサイクルである。

二十一世紀の新たな価値観、『三方よし』を超えた社会につながるはずだ。そう信じている。

ここまで、わたしが考える現代社会の〝不都合の真実〟と、問題に対処する〝処方箋〟としての二十一世紀『三方よし』の社会の実現。それを可能にする技術となる「忠海セラミックス」から生まれる「新しい水」『生命を活かす水』について書いてきた。

断っておくが「水ビジネス」ではない。「セラミックスの普及」なのだ。

最後に、わが祖国・日本、愛してやまない故郷、そして、亡き母が篤《あつ》く敬《うやま》っていた親鸞聖人について触れたいと思う。この三つは「別のこと」ではない。根っこで深く繋がっている。

日本社会の憂うべき現状については、これまでにいやというほど述べてきたから、もう繰り返さない。

逆に、日本の良さ、他国・他民族には決して真似ができない素晴らしさにも触れておかないと不公平だろう。


五年前（二〇一一年）の東日本大震災。あれだけの大災害に見舞われ、家族や自宅、財産を奪われながら、日本人はパニックや暴動、犯罪、ヒステリーを起こすことなく、不便な避難生活にもじっと耐え、決して秩序を崩さなかった。

こうした姿が外国人から見ると「奇跡」に映るらしい。

外国でこうした大災害が起きると、被災地はたいてい「無法地帯」と化してしまう。殺人、強盗・略奪、放火、レイプ…。犯罪のオンパレードだ。


ところが、日本ではそうならない。

それどころか、被災者を助けるための義援金が全国から殺到し、「少しでも手助けしたい」というボランティアには大学生、高校生らの若者から、中高年に到るまで多数が駆けつけている。

なぜ、日本人は、こういう振る舞いを自然にできるのか?

いくつか理由があると思う。

ひとつは、農耕民族のＤＮＡだ。

いつ、自分が困った境遇に陥るかもしれない。「困ったときはお互い様」「他人事とは思えない」…。

農作業では、ずっとそうやって互いに助け合ってきた。

そして「命」をいただくという心、「いただきます」「ごちそうさま」「もったいない」「ありがとう」という精神文化が根付いているのだ。

その伝統と精神が染みついている。

もうひとつは、神仏に基づく日本人のメンタリティーだろう。

有名な聖徳太子の十七条憲法にあるように、日本人は「和」を尊び、「わたし（自分）」よりも「公（世間）」を大事にしてきた伝統がある。

この美徳が急速に消えつつあることは、これまでの章で書いてきたのだが、震災における対応を見ると、日本人も「まだまだ捨てたものじゃない」と思う。

神仏一体の精神の良さが随所に滲み出ているのだ。

ボランティアの態度を見ても、「義務」でやらされているという人は少ない。

むしろ、「させていただいている」「お役に立っていることがうれしい」という人がほとんどだ。

世代を超えて支援者がいるものいい。こうした動きが確固たる地域社会を築いていくのだと信じている。

今はその可能性を信じるしかない。

願わくは、中高年といわれる世代の方に、もっと、もっとその役割を期待したいと思う。

たとえば、六十歳で定年となり、現役を引退するなんてもったいない。

彼らには豊富な人生経験があり、知恵があり、技術がある。

さらに言えば、自由になる時間があり、財産ももっているのだ。

余生を楽しむのも、もちろんいい。が、もっとハツラツと活躍してほしいのだ。


七十三歳、まさに自分のことである。中高年の世代にこそ「未来への種まき」「若い世代への橋渡し」をやってほしいと願っている。

一人ひとりが〝気付き〟を得て、行動を起こし、大きな動きに繋げ、世の中を変えていくしかない、と何度も書いてきた。

だから、「他人任せ」では困る。

自分から、まずはひとりでもいい、主体的に、能動的に行動を起こしてほしい。子供たち、孫たちのためにも。

それができるのが日本人という民族なのだと信じている。

大きなことを言うからには、まずは自分が率先したい。

少なくとも、命あるかぎり「生涯現役」で、バリバリと頑張るつもりである。

☆過疎化する故郷をどうするか？

故郷である「竹原市忠海《ただのうみ》」が大好きだ。

生まれてこの方、一度も他の土地で住んだことがない。

ずっと、この地にいる。

故郷で生まれ、育ち、家族を持ち、故郷で仕事を続けて生きてきた。感謝である。

だが、中央と地方、都市と田舎の「格差」は激しい。

しかも、年々酷《ひど》くなる一方だ。

「シャッター通り」の異名があるように、地方都市では駅前の目抜き通り商店街でさえ、どんどん店を閉めている。

続けたくても、やっていけないのだ。


二店舗のスーパーを閉店に追い込まれた経緯《いきさつ》は前章で書いた通りだが、「競争と対決」、利益最優先の経済至上主義の下では、商品の品質やサービスの内容よりも、資本力をバックにした「低価格」「品揃え」「利便性」によって〝勝負〟が決まってしまう。

かくして、どの地方都市もすでに、その傾向にある。

個人商店は撤退を余儀なくされ、郊外に大型スーパーや量販店が、でーんとそびえ立つ光景…。

怖いのは、町の店がなくなることで、「地域のコミュニケーション」もなくなることだ。

隣の家族の構成すら知らず、あいさつもない。治安は悪化するばかり。

車を運転できないお年寄りは、大型店まで買い物にいけない。

このため、過疎の村では、わたしがかつてやっていた「移動スーパー」型の商売も復活しているという。

こうした地方の問題は深刻だ。


わが故郷・竹原市忠海も例外ではない。

企業の事業所はどんどん撤退している。

約八千人の人口は減り続け、隣の竹原市に吸収されたが、同市ですら人口は減り続け、三万人を切ったと聞く。

今や〝限界集落〟に近い。

少子化も進んでいる。

約五十年前に小学生は全校生徒が八百人いたが、今では百三十人あまりだ。


「ではどうすればいいのか？」

正直、わたしにもよくわからない。

簡単に解決法は見つからない気がする。

ただ、こうした大手資本の経営戦略もいつまでも続くとは思えないのだ。

かつて小型食品スーパーが「対面販売」で顧客とのコミュニケーションを密にし、大型店と対抗したように、「効率」「価格」を重視する人ばかりではない。

また、町のコミュニケーションが断たれることを「よし」とする人も、あまりいないだろう。

生きる為だけの、市場原理主義的社会は終焉し、生きているみんなの命が輝く「オンリーワン」社会が目の前に広がっている。

意識さえ変えれば、地方から始まる可能性を秘めている。

わたしの名前は「忠生《ただお》」である。弟は「君生《きみお》」で『忠君』。

戦中に生まれた、わたしたちは「君に忠義を尽くす」ということから命名されたと聞かされている。

故郷である町の直ぐ前には、美しく輝く瀬戸内の海が静かに広がっている。

海は生命の源だ。あらゆる生命を産み出す。

そのような故郷を愛してやまない。

育ててくれた故郷への恩返しは、この町を「変えてゆくひとりになる」ことだ。

さらに、世の中の救いになることで発展させていくことだ。


その自信はあるし、確信もある。

「生命を活かす水」に変える「セラミックス」の名は、故郷からとって『忠海《ただのうみ》セラミックス』と命名した。

世の中にこのセラミックスが必要とされ、奇跡を起こすという未来が見える。


二〇二五年には水の危機が来る、食糧危機も来る。

あと二十年、三十年が人類にとっての環境問題の正念場になるだろう。

そのとき、故郷の名のついた『忠海セラミックス』で貢献ができる。

今はそれが生きがいだ。


亡くなった母が、浄土真宗に深く帰依し、親鸞聖人を篤く敬っていたことはすでに何度も書いてきたが、親鸞聖人は「阿弥陀仏にすがってただ念仏を唱えれば極楽浄土へ行ける」と説いた。

これを「絶対他力」という。

この意味をわたしはずっと考えていた。

親鸞聖人のころは、戦や、飢饉や天災がいっぱいあった。

「苦しむ民を何とかして救いたい」

そう考えた親鸞聖人は「念仏を一心に唱えたら死んでから極楽へいける」と話されたのであろう。

阿弥陀さまがすべての人々を極楽へと導く大願を立てられ、「阿無弥陀仏」と唱えることで、極楽へと導いて下さる。

だが、あの時代はそれで良かったのかもしれないが、今は時代が違う。

死んで「極楽」はない。

命は今「輝いて」こそだ。

「生きている命」に感謝である。

阿弥陀如来は「自分の心の中に生きている」と思う。

亡くなった「母」は、今、心の中で輝いている。

釈尊が入滅されるとき「自灯明・法灯明」（自らの心に明かりを灯して、その明かりをもって、世の中を救済するの意）と示され、「一字不説」と説かれた。

「あなた自身に灯明を灯して進みなさい」

「釈尊の言葉にとらわれず『今』を正しく生きなさい」と。…


すべては自分の心次第なのだ。

「外」に救いはない。

だから、神仏は「拝む」のではない。「御願い」するのでもない。

神仏を求めるのではなく、「おかげさまで、ありがとう、もったいない」と、感謝する場が、神社仏閣の場であると確信している。

「ありがとう」と感謝し、畏敬《いけい》の念を常に忘れることなく努力することが、「自灯明《じとうみょう》、法灯明《ほうとうみょう》」である。

「生きていること」に感謝するのだ。

「もったいない」「ありがとう」「おかげさま」と…。生まれ出た「今、生きている命」に感謝する尊さを教え導いて下さるのが「神社仏閣」だと考えている。

人間の心は弱く、エゴに満ちている。

だが、それを否定してはいけない。

「その弱さが本当の自分である」と肯定することから、すべては始まるのだ。

稲盛和夫塾長に学ぶべきは、「僕は死ぬまで自分の心を高め続ける」といわれ、それを実践されていることだ。

生きている間はずっと、「良心」に問い続け、至らない自己を反省し、懺悔し、自分の良心に問いかけ、心を高め続けることである。

結びにかえて

最後まで、拙《つたな》い文章を読んでくださった皆様、本当にありがとうございました。

過疎化に悩む広島の地方都市に住む一介の商人であるわたしが、本書を書こうと決意したのは、「矛盾に満ちた『悪循環』の社会」で、「皆が無理をさせられて苦しんでいる世の中」から、何としても「夢と希望にあふれた『(超)善循環』の三方よしの社会」「皆が共に生き、共に幸せを感じられる世の中」、すなわち「みんなと共に幸せになる幸せ社会」に向けて前進したい、という切なる願いからでした。

本書の中で繰り返し書きましたように、それを実現させてゆくのは、一人ひとりの〝気づき〟から始まります。

「このままで本当にいいのか?」

と自分の良心に問いかけて見るところからすべては始まります。

ひとりが二人になり、チョウが羽ばたくように「バタフライ効果」となって、地球全体に拡がるとき希望ある未来につながると信じています。

必ず社会は変わります。

そのひとりとして、これからも「セラミックス」から生まれる「本来の生命の働き」と「本来の生命の輝き」を「生涯現役」で、皆様と共に取り戻す人生に邁進してゆく覚悟です。


最後になりましたが、三十数年にわたり心の友である株式会社フェリシモ名誉会長であり、また、一般財団法人「京都フォーラム」理事長、矢崎勝彦氏に叱咤激励され今日に至っていますが、矢崎氏は人生の目標であり、生き方の師でもあります。

この書を通じてそのご恩の一助になればこんなうれしいことは有りません。

本書を上梓させるために、多くの方々のご尽力に感謝申し上げます。特に、株式会社アルファベータブックスの茂山和也氏をご紹介下さった村田一夫氏や、中小企業診断士の森伊知郎氏には執筆に当たり、ご教授賜りましたことをこの場をかりて厚く御礼申し上げます。

編集に当たり、ご苦労を買って出て頂いた、小西花菜氏にも感謝しています。

そして、出版に携わって下さった、多くの関係者の皆様にも心よりお礼申し上げます。

平成二十八年春

小積 忠生

著者略歴

小積 忠生（こづみ・ただお）

1942（昭17）年12月8日、広島県忠海町（現竹原市）に6人兄弟の末っ子（双子）で長男として生まれる。終戦後の混乱で生家が傾き、小学生のころから新聞配達などのアルバイトに精を出す。県立忠海高校卒業後、地元企業を経て、22歳のとき、中古バスを活用した「移動スーパー」を開業。

36歳で忠海町に食品スーパー株式会社「マミー」を創業、1号店をオープン。続いて隣の三原市にも2、3号店舗を開店。弟・君生とともに経営に当たる。

38歳のとき、病気で両親を相次いで亡くしたショックから立ち直れず、地元の禅寺「海蔵寺」で1週間の参禅を経験。自己の心と素直に向き合うことの大切さを知る。

その後、スーパーの経営を弟に譲り、水に命を吹き込む「忠海セラミックス」の研究開発を開始。「水が変われば生命が変わる」という事実に気付きを得て「機能性高分子セラミックス（忠海セラミックス）」の開発に成功する。

それらについて2014年 FOOD STYLE21、2015年 BBR、2016年 学術論文サイト「Science Direct」に掲載。

現在、有限会社「コズミック」代表取締役社長。

いのち輝け——子供たちと共に

第1刷発行　2016年5月31日

著　者● 小積忠生
発行人● 茂山 和也
発行所● 株式会社 アルファベータブックス
〒102-0072　東京都千代田区飯田橋2-14-5 定谷ビル
電話 03-3239-1850 Fax 03-3239-1851　E-mail alpha-beta@ab-books.co.jp
装丁●佐々木 正見
印刷●株式会社 エーヴィスシステムズ　製本●株式会社 難波製本

定価はダストジャケットに表示してあります。

ISBN 978-4-86598-014-1 C0036